盗火者

林贤治 ／ 著

复旦大学出版社

目 录

自由与恐惧 1
思想与思想者 11
迫害与写作 23

火,一个殉道者 53
左拉和左拉们 61
平民的信使 67
寻找诗人 75
走向大旷野 83
在死刑面前 97
囚　鹰 113
向晚的玫瑰云 121

孤独的旅客 *129*

自由、祖国、十字架 *137*

为宽容而斗争 *151*

孤独的异邦人 *161*

奥威尔：政治、艺术与自由 *173*

鲁迅三论 *181*

编后记 *201*

自由与恐惧

人的全部尊严就在于思想。

然而,因为思想的缘故,也可以失去全部的人的尊严。一个触目的事实是:迄今大量的思想都是维护各个不同的"现在"的。其实无所谓传统,传统也是现在。"现实的就是合理的"成了万难移易的信条。这些思想,以专断掩饰荒谬,以虚伪显示智慧,以复制的文本和繁密的脚注构筑庞大的体系,俨然神圣的殿堂。而进出其中的思想家式的人物,几乎全是权门的谋士、食客、嬖妇、忠实的仆从。还有所谓纯粹的学者,躲进象牙之塔,却也遥对廊庙行注目礼。惟有少数人的思想是不安分的、怀疑的、叛逆的。这才是真正的思想!因为它总是通过否定——一种与实际变革相对应的思维方式——肯定地指向未来。

伽利略

霍布斯

未来，是人类的希望所在。

我们说"思想"，就是指向未来自由开放的叛逆性思想。叛逆之外无思想。

思想的可怕便在这里。罗丹的《思想者》，那紧靠在一起的头颅与拳头，不是显得一样的沉重有力吗？因此，世代以来，思想者被当作异端而遭到迫害是当然的事情，尽管他们并不喜欢镣铐，黑牢，火刑柱。对待同类的暴虐行为，修辞家叫作"惨无人道"，仿佛人世间真有这样一条鸟道似的；其实，在动物界，却从来未曾有过武器、刑具，以及那种种残酷而精巧的布置。人类的统治，是无论如何要比动物更为严密的。

统治者为了维持现状，必须使人们的思想与行动标准化、一体化，如同操纵一盘水磨或一台机器。然而，要做到"书同文，车同轨"倒也不算太难，难的是对付肇祸的思想。它们隐匿在每一副大脑中，有如未及打开的魔瓶，无从审察其中的底蕴。倘使连脑袋一并割掉吧，可恼的是，却又如同枯树桩一般的不能复生了。置身于枯树桩中间，难道可以配称"伟大的卫者"吗？于是，除了堵塞可容思想侧身而过的一切巷道，如明令禁止言论、出版以及集会结社的自由之外，统治者还有一项心理学方面的发明，便是：制造恐怖！

恐怖与恐惧,据说是颇有点不同的。恐惧有具体的对象,恐怖则是无形的。正所谓"不测之威"。究其实,两者只是程度不同而已。统治者力图使思想者在一种不可得见的无形威吓之下,自行放弃自己的思想,犹如农妇的溺婴一样——亲手扼杀由自己艰难孕就的生命,而又尽可能地做到无人知晓!

恐惧呵!恐惧呵!恐惧一旦成为习惯,便成了人们的日常需要;如果实在没有某种可怕的事物,也得努力想象出来,不然生活中就缺乏了什么东西。就这样,恐惧瘟疫般肆虐蔓延,吞噬着健康的心灵,甚至染色体一样相传不绝。结果,如同韦尔斯所说的那样,人一生出就成了"依赖者",绝不会进一步提出问题。恐惧把人们牢牢地抓在一起。为了维护某种安全感,人们必须趋同。只要有谁敢于显示思想的隐秘的存在,便将随即招致众人的打击和唾弃——"千夫所指,无疾而死"。

思想者是孤立的。除了自我救援,他无所期待。

苏格拉底自称"马虻",虽然对雅典城邦这匹"巨大的纯种马"有过讽刺,毕竟是一个不太喜欢冒险的人。他曾经说:"如果我置身于社会政治生活中,像一个正直的人那样总是伸张正义,在任何事情上都以正义为准则,你们想，我能活到现在吗？"无奈他百般明哲，也无法保存自己，到底被国家的法律和公民的舆论两条绳索同时绞死了！

临终之前，苏格拉底显得相当豁达。他说：

"我们各走各的路吧——我去死，而你们去活。哪一个更好，唯有神知道。"

简直是预言！事实证明，所有热爱思想的余生者，活着都不见得比苏格拉底之死更好一些。他死得舒服，至少没有太多的痛苦：一杯酒而已。而活着的人们，在长长的一生中，却不得不每时每刻战战兢兢地等待可能立即降临的最严厉的惩罚。可怕的不在死亡而在通往死亡的无尽的途中。

比起苏格拉底，伽利略要勇敢得多。在黑暗的中世纪，"真正信仰的警犬"遍布各地，科学和哲学沦为神学的婢女；这时候，他无所顾忌地宣传哥白尼，同时也是自己发现和证实的"日心说"。即使形势于他不利，他仍然与专制势力苦苦周旋。然而，到了最后一次审判，他终至被迫发表声明，宣布他一贯反对的托勒密的"地心说"是"正确无疑"的；接着，在圣马利亚教堂举行了"抛弃仪式"——抛弃自己的"谬误"！

当他，一个七十岁的老人，跪着向"普世基督教共和国的红衣主教"逐字逐句地大声宣读他的抛弃词时,心里当是何等愤苦呵——

> 我永远信仰现在信仰并在上帝帮助下将来继续信仰的神圣天主教的和使徒的教会包含、传播和教导的一切。因为贵神圣法庭早就对我作过正当的劝诫,以使我抛弃认为太阳是世界的中心且静止不动的伪学,不得坚持和维护它,不得以任何口头或书面形式教授这种伪学,但我却撰写并出版了叙述这一受到谴责的学说的书……
>
> 我宣誓,无论口头上还是书面上永远不再议论和讨论会引起对我恢复这种嫌疑的任何东西,而当我听到有谁受异端迷惑或有异端嫌疑时,我保证一定向贵神圣法庭或宗教裁判员、或地点最近的主教报告。此外,我宣誓并保证尊重和严格执行贵神圣法庭已经或者将要对我作出的一切惩罚……

最诚实的人终于说了胡话。

虽然他依样清醒,然而,却着实害怕了。心理学家说,害怕,是可以习得的第二内驱力。

布鲁诺,塞尔维特,接连大批的非自然死亡。在教会的无所不在的权势底下,像罗克尔·培根和达·芬奇这样的人物也都只好噤若寒蝉。斯宾诺莎害怕他的著作给自己带来不幸,这个被称为"沉醉于上帝的人",不得不接连推迟《伦理学》的出版,一直到死。沉默是明智的。"沉默是金"。

在意大利,科学沉沦了几个世纪不能复苏。等到伽利略死后200年,他的著作,才获准同哥白尼、开普勒等人的著作一起从《禁书目录》中删去。这种平反,对他来说未免来得太晚了一点吧?据说,他在公开悔过以后曾这样喃喃道:"但是它仍然在转动着!"

有谁能说清楚,这是暮年茕立中的一种自慰,还是自嘲?

至于霍布斯,有幸生于以宽容见称于世的英国,且文艺复兴的浪潮汹涌已久,竟也无法逃脱恐惧的追逮。他在自传中说,他是他母亲亲生的孪生子之一,另一个就叫"恐惧"。恐惧,是怎样折磨着这个天性脆弱的思想者呵!

当时,在英国,王权和国会两派政治势力纷争无已。霍布斯惧怕内战,写了一篇鼓吹王权的文章,引起国会派的不满,不得不逃往巴黎。在巴黎,他写成《利维坦》一书,抨击神授君权和大小教会,又遭到法国当局和流亡王党分子的反对，只好悄悄逃回英国。查理二世复辟后，情况稍有好转，时疫和大火便接踵而来。教会扬言，所有这一切都是霍布斯渎神的结果；一个委员会特别对他进行了调查，并禁止出版他任何有争议的东西。于极度惊怖之中，他只好将手头的文稿统统付之一炬！

著名的《利维坦》把国家比作一头怪兽。在书中，霍布斯一面强调君主的绝对威权，人民只有绝对服从的义务；一面却又承认，当君主失去保护人民的能力时，他们有权推翻他。这种把权力至上主义同民主思想混在一起的做法，很令人想起另一位政治思想家。莎士比亚称他为"凶残的马基雅维里"，又有人称他为"罪恶的导师"。的确，马基雅维里写过《君主论》，为了迎合新君主而大谈其霸术，可是，如果改读他的《罗马史论》，定当刮目相看的吧？何况还有《曼陀罗花》！……

——这就是思想者的全部的命运所在！

即使卢梭，一个天性浪漫的启蒙思想家，生活在18世纪的空气里，不幸地竟也因为爱与思想，颠沛流离了整整一生。他这样描述自己的境遇："全欧洲起了诅咒的叫声向我攻击，其情势的凶险，是前所未有的。我被人看作基督教的叛徒，一个无神论者，一个疯子，一只凶暴的野兽，一只狼。"

霍布斯说："人对人是狼。"这个命题，到底是他深思熟虑的结论呢，还是回想亡命生涯时的失声呼喊？

如果容许用统计学计量的话，思想者的遗产其实也十分简单，无非有限数目的著作和一些断简残章而已。然而，有多少人从中辨认过惊恐爬过的痕迹？只要有人向世界显露了一个带矛盾性的思想，只消一句"历史局限性"之类的话，便可以轻松地打发过去了！什么叫"局限性"？怎么知道前人意识不到他所应意识的东西呢？他们的思想触角实际上延伸到了哪里？这里仅凭文字著作或档案材料就可以作证的吗？难道据此就可以大言不惭地说来者已经"突破"了他们？其实，他们当中早就有人说过："真理太多了。"这是自嘲呢，抑或嗤笑后来的饶舌者呢？只要社会性质没有产生根本性的变化，专制和恐怖依然笼罩着人们，人们就很难避免不去重复前人的思想。甚至可以认为，对于真理，来者只是进一步诠释了前人的结论，而不是重新发现。翻开历史，多少独立的人走了过来，结果竟无从寻找他们的脚印。谁也无法判断：那是暴风厉雪所掩埋，还是一面走，一面复为自己所发现的世界所震骇，不得不回头用脚跟给悄悄擦掉！……

思想的创造和真理的发现是一回事。思想者呵！你们发现了什么？

　　法国启蒙时代有一个叫霍尔巴赫的人，他这样讲述历史的秘密："许多思想家都宣传所谓两重真理说——一种是公开的，另一种是秘密的；但是既然通往后一种的线索已经失掉了，那么他们的真实观点我们便无从了解，更不必说有所补益。"

　　幸而最黑暗的地方也有光，不然太令人失望了。

　　今天，思想居然有史，至少证明了许多秘密的思想线索没有完全消失，统治者的恐怖政策决不是绝对可靠的。是的，人们逃避过自由，同时收获过逃避的果实；但是，当他们一旦惊恐于自己的惊恐，逃避自己的逃避时，一个新的开放社会也就到来了！

1990年6月　午夜

思想与思想者

人是什么?

唯物史观教导我们说,人是从制作工具,以及运用这工具从事劳动的时候开始,转身与猴子揖别的。其实,除了劳动,人还必须会思想。所谓思想,自然离不开独立自主的意识。这是最基本的。倘使仅仅懂得劳动,耕植和采集,充实了肚子,发达了四肢,最后也很难免于陷入牛羊一般的境地。迄今已有半个世纪的传播历史的《世界人权宣言》,赫然写着如下条款:"人人有权享有生命、自由和人身安全。"在这里,生命权和自由权是并列的,不可分割的。不是活着便可以尊为人类。从"温饱"到"小康",如果人类只是被当做一种结构性物质,而满足于生命的维系,是无法体现存在的本质的。人类是精神的人

札米亚京

茨威格

类。没有哪一种生物,能够像人类一样热爱独立、自由和尊严。所以,在世界上,凡有人类聚居的地方,都有着同样含义的成语在世代流传:"不自由,毋宁死。"

真正的思想,也即自由思想,萌蘖于禁锢、奴役,不自由的现实关系,以及对此痛苦的觉省。没有先验的思想。思想是反抗现实,变革现实的,是对于既存秩序的否定。哪里有一种思想是满意现状的呢?除非是统治者——鲁迅常常称作"权力者","权势者",个别时候也称"政治家"——的思想。他在一个著名的演讲中说到:"政治家最不喜欢人家反抗他的意见,最不喜欢人家要想,要开口。而从前的社会也的确没有人想过什么,又没有人开过口。且看动物中的猴子,它们自有它们的首领;首领要它们怎样,它们就怎样。在部落里,他们有一个酋长,他们跟着酋长走,酋长的吩咐,就是他们的标准。酋长要他们死,也只好去死,……哪里会有自由思想?"纳粹有句座右铭式的话:"思想先行,行动紧跟。"这"思想"就不是自由思想。意识形态化了的思想,是不能称作思想的,因为已然失却自由的含量。思想是个体的,弱势的,异质的,非正统非主流的。

人类拥有自由思想是相当晚近的事情,推算起来,最早也当在"后酋长时代"。在黑暗的中世纪,我们已经可以透过十字架的阴影看见：怀疑与信仰共存，异端与信徒并现。思想锋芒初露，虽然随即为火与剑的方阵所包围，却依然咄咄逼人。僧侣们无法预料，他们以日夜积聚的大量的统一思想的工作，培养出一种普遍的观念；正是这种观念，诱使思想者在更为开阔的地带播撒自由和反抗的种子。及至近世，随着"权利的时代"的到来，可以想见，思想将会变得何等活跃。至于思想者，当然大可以走出地堡，卸掉盔甲或伪装，睥睨气息奄奄的宗教裁判所而自由言说了！

然而，事实上，张捕与逃逸仍在进行，没有哪一天停止过。有时候，言路特别狭窄，甚至完全被阻断！

进化论遭到挑战是必然的事情。社会的进步与否，怎么可以根据时间的先后论定呢？权力者始终占据着历史的主动地位，像他们的父辈一样，恒定地听命于"权力意志"；而思想者，却难免为环境左右，不是慷慨激昂便是忧心忡忡。——角逐的双方，谁也无暇顾及钟表。

近代历史确乎发生了很大变化。虽然，这种变化，说到底不过是在"原型"那里作出量的增减而已。随着大学的勃兴、科学的昌明，知识分子势力迅速膨大；相应地，权力也变得更为集中，打击的能力大大增强了。阿伦特在名著《极权主义的起源》中，专论希特勒的纳粹政权和斯大林的苏维埃政权,它们都是在本世纪建立起来的。盖世太保、格别乌、窃听器、集中营、特别法庭、秘密审讯和处决等项发明,足够叫中世纪大主教大法官的玩艺相形见绌。在权力者和思想者之间,存在着大量貌似中性的平和的知识分子。到底他们干了些什么?他们精心设计的机械、技术,各种关于管理的理论,包括宪法,最大限度为谁所利用?这个问题很难量化,故而长期被悬置起来,无人深究。希特勒是一贯标榜"革命",信奉"社会主义"的,他曾经弄过一个由总统签署的非常法令《人民与国家保护法》,其中规定:"在相反规定的法律限度以外许可限制个人自由,限制表达意见的权利,包括出版自由;限制结社和集会权利,还许可侵犯私人邮件、电报,电话、通信保密权,许可搜查民宅,许可下令没收财产和限制财产权。"类似的法令是否经由法学家的润饰,我们不得而知,但它通过剥夺进行"保护"是明显的,还不能说是完全的赤裸裸。比较起来,斯大林于1936年颁布的苏联宪法要庄严得多,然而不出一年,就开始大规模的肃反了!

近代以降,权力者对知识者的打击,主要集中在两个地方:其一是大学,其一是新闻出版界。凡知识分子成堆的地方,就有可能成为思想的产床。作为中国近现代历史的转捩点，五四运动就是来源于一所大学和一本期刊。

赫尔岑的回忆录《往事与随想》，对莫斯科大学的情况，有着详细的记述。这是一所伟大的学校，给世界贡献出了一批富于头脑的人物。为了对付他们，政府安置了特务网，还有政法委员会之类。思想与青春结盟是可怕的。希特勒根本不把成年人放在眼里，贬斥为"迷失的一代"，而致力于毒化和争取青年，他说，德国青年应当"像猎犬一样敏捷，像揉过的皮革一样坚韧，像克虏伯工厂生产的钢一样经受过锻炼"。这些青年什么都具备，就是不具备思想。1933年4月，政府明令规定大学生必须加入大学联合会，还须参加四个月劳动锻炼和两个月集体军训。教师也有统一的组织，主掌管人员进行苛刻的挑选和培训。1933年至1934年，纳粹党在大学进行了一场清洗运动，有六分之一的教师被解聘或被迫辞职。有意思的是，大部分教授竟公开表态支持政府。著名哲学家，八十年代以来在中国学界产生了广泛影响的大师级人物，可耻的海德格尔，在弗顿堡大学发表校长就职演讲时说。"任何教条和思想，将不再是你们生活的法则。元首本人，而且只有他，才是德国现在和未来的现实中的法则。"斯大林对大学的控制一样严密。在苏联高教部的十六个职能司中，属于思想统制方面的大大超过半数。所有学科的教育为政治教育所笼盖、所渗透，因为这是不能不服从于制度的总体的集权性质的。

集权主义者无不重视意识形态，重视宣传。希特勒在政府中首先设立的部，就是国民教育和宣传部。据说，我们今天使用的"宣传"（propaganda）一词，即从中世纪在罗马设立的传播天主教信仰的专门机构演化而来。可见，思想以及对思想的控制，都是中世纪的遗产。图书审查、禁书、焚书，在中世纪已经相当流行了，《禁书目录》委员会，犹如宗教法庭一样声名赫赫。但是，焚书在当时只是零星进行，像纳粹德国这样狂欢节一般的盛况，是从来未曾出现过的。1933年5月10日，时值午夜，成千上万名学生高举火炬，游行到柏林洪堡大学对面的广场。广场上，小山般堆满了书籍，他们把火炬扔进书堆，然后像添加柴禾一样再不断地把书往火里扔。据统计，大火吞噬的书籍多达二万册。纳粹党领袖之一戈林对大学生说："你们干得好！在这午夜之际把过去的精神付之一炬，这是一次强有力的、伟大的和有象征意义的行动……"其他的大学城，也相率举行了"焚书日"。鲁迅曾经把国民党法西斯分子称作"希特拉的黄脸干儿"，查查家谱，其实秦始皇爷爷的"焚书坑儒"，倒也不失为伟大的经典之作。只是大不敬的人从来便有，如唐诗写的

"坑灰未冷山东乱,刘项原来不读书",就是嘲笑此举的愚蠢的。在电子出版物相当发达的今天,我们不是有更充分的理由,回头傲视希特勒及其党徒吗?问题是,这些大独裁者,仅仅凭了他们的无知与专横,便可以如此一再挑战人类的尊严!

知识分子算什么东西呢?他们不过是些沙石泥料,既能用来筑造辉煌的圣殿,自然也能用来砌做污秽的粪池。为了便于控制,德国在1933年便成立了德国文化总会,下辖文学、音乐、电影、戏剧、广播、美术、新闻等七个协会。总会章程规定"必须由国家领导",因此名为群众团体,实系官方组织;总会及其下属各协会的决议和指示,对会员是具有法律效力的。倘使你是文艺家或是新闻工作者,不参加组织或被组织开除,都意味着停止演出或发表作品,甚至连一张购买油彩的票证也弄不到。苏联也成立了同样性质的文艺家组织,时间不早不迟,正好在30年代初,这也算得是历史的巧合吧。在苏联大清洗期间,一批卓越的作家和诗人失踪了。天生叛逆的札米亚京,幸好提前逃到了国外,不然,即便保持缄默也很难活下来。作家协会对于作家是严厉的。它挥舞无形的大棒驱走了左琴科和阿赫玛托娃,恫吓怯弱的帕斯捷尔纳克,还有固执的索尔仁尼琴,把天才诗人布罗茨基拒之门外,让他做苦工，流浪，劳改……斯大林以党内最高的领导地位成了文艺界和学术界公认的权威，许多学术问题，以及与此相关的人物的命运，都必须通过他作最后的裁决。希特勒和他一样，在德国，也是文化艺术领域的最高仲裁者。他们是敏感的，他们确实有能力从隐蔽的地方发现自由思想的踪迹，虽然许多时候神经过敏，被自己虚构的影像所欺蒙也是常有的事。拉斯科尼夫从巴黎发出一封致斯大林的公开信，谴责道："您残酷地消灭了一批才华横溢，唯不合您本人脾胃的俄罗斯作家"。巴别尔、皮利尼亚克、科尔佐夫、迦尔洵、梅叶尔霍尔德、特列基亚科夫……那么多人，死后多年才由官方恢复了"名誉"，但是他们如何死法，广大同胞迄今一无所知。《大恐怖》一书的作者康奎斯特，于1990年发表关于苏联肃反时期的一项最新统计结果，计数如下：

1. 1936年末，已被关押在监狱或劳改营中的人约五百万；

2. 1937年1月至1938年12月，被捕者约八百万人，其中约一百万人被处决，约两百万人死于劳改营中；

3. 1938年底，在狱中约一百万人，在劳改营中约七百万人。

这些数字，并不包括在农业集体化运动和饥荒中被流放、处决和死去的人,也不包括此后在1939至1953年间被处决、死于劳改营或被囚禁的人数。希特勒说:"恐怖是最好的上帝。我们在俄国人身上就看到这一点。"对于具有自由思想的文化人,纳粹当局同样是成批处理的,开始时好像颇宽容,采取"打招呼"的办法,分期公布被开除国籍、成为不受法律保护者的名单。至1938年底,被迫流亡的人达八十四批,共计五千人。爱因斯坦、亨利希·曼,托马斯·曼、布莱希特、茨威格、霍克海默、阿多诺……最优秀的种子离开了德国的土地,唯有少数留在国内,艰难地捍卫内心的自由。

在最恐怖的日子里,思想和思想者陷身于逃避迫害的途中,却依然顽强地表达着自己。冤家路阔。自由思想存在一天,逃逸就只能是一种形式,在本质上它是进攻的。活在意大利文艺复兴运动中的古希腊精神、观念与艺术,难道真的是历史残留的余晖吗?俄国诗人涅克拉索夫为逃避审查官的审查,曾经一度给自己的诗加了副题,当是译作,于是也就发表出去了。德国雕塑家巴尔拉赫,1927年接受建造大战阵亡战士纪念碑的任务,在巨大而庄重的碑石里,他把战争留下的创伤,悲痛和愤怒深深地镌进去,唯独缺少政府所要求表现的崇高。当然,这种逃避的艺术、最终还是逃不过纳粹的眼睛,1935年,纪念碑被拆除了。中国的鲁迅，在"党老爷"的刀锋底下写作杂文，变换笔名，使用曲笔和反语，创造了一个平民战士与东方传统和权力社会针锋相对的壕堑战术。他声称，他不做许楮，他得"躲"起来。为了保持思想的完整，文章发表前，他说，他是自行抽掉了一根骨头，完后再由审查官老爷抽去的。那结果，有时候是连他也预想不到的坏，一篇长文只剩下一个头。无论对谁，幸与不幸，到底是有骨头的。思想就是骨头。

面对无止期的迫害和恐怖，具有自由思想的知识分子，是很少有人坚持到最后的。由自己把思想扼杀于思想之中，这时，唯有这时才开始真正的逃逸。只是在这里，思想已不复成为思想，而是意识形态，是权力政治的一部分了。二战过后，爱因斯坦拒绝同德国恢复关系，包括科学机构在内，是有着一个自由思想者的理由的。因为在他看来，"德国知识分子——作为一个集体来看——他们的行为并不见得比暴徒好多少。"思想知识界的这种普遍放弃、逃逸、堕落的行为，带给一个民族的影响是致命的。所以，流亡在美国的托马斯·曼，在1945年5月纳粹战败，举世狂欢，到处是拥抱和祝福的时候，却沮丧地垂下头颅。他借"一个德国人"说出了他深沉的怆痛："他思忖，这种普天同庆对于德国到底意味着什么？在经受了这种种磨难之后,她还要度过多少黑暗的岁月,多少无力自省的年代,多少罪有应得的屈辱的日子?当他想到这些,他的心感到了一阵抽搐⋯⋯"

思想是柔弱的,正如思想者处于无权的地位。如果思想者一旦掌握了权力,或者思想建立了它的霸权话语,固有的自由行程便告中断了。作为思想,它可以被折断,但自始至终是正直的;可以被粉碎,却永久保持着坚硬的质地。只要称得上思想,你便无法置换它,消灭它。正因为思想能够这样以弱质而存在,所以是强的。

但是,在一体化的社会里,思想和思想者毕竟是一个异数,一个变数,其实是极少数,也可以称"一小撮"。尤其在一个专制的国度里,哪怕是开明专制罢,如果"思想者"可以多得像集市里的商贩,乐呵呵地唱卖他的货色;或者如舞池中的舞者,一意奔逐于主旋律;或者像大街上的巡警一般,威风凛凛,所到之处,秩序井然,那么作为一种精神界的现象,它是可疑的。

1998年12月4日

迫害与写作

写作者:迫害的主要对象之一

迫害古已有之。所谓迫害,是指个体由于强势者——无论是来自国家,还是来自政治、宗教及其他社会团体或势力——带有针对性的暴力或潜暴力行为,致使生命、财产、名誉等遭到侵犯、损害和剥夺的情形。集体迫害实质上是对个体迫害的集合。这里强调受迫害的个人性,目的在于防止将生命抽象化、符号化。事实上,在历史叙述中,许多集体迫害事件,倘若有幸不曾遭到抹杀和窜改,众多鲜血淋漓的生命,也往往被简化为寥寥几组数字,失去原来的可感性。

集体迫害主要有宗教迫害和政治迫害两种。至中世

托马斯·曼

帕斯捷尔纳克

米沃什

博尔赫斯

纪，宗教迫害进入极盛时期，宗教裁判所是著名的。近世以降，政治代替宗教成为主角。在崛起的民族国家里，只要沿袭专制主义——极权主义是其中的一种现代形态——的政治体制，集体迫害事件就不会绝迹，甚至有增无已。20世纪苏联的肃反和纳粹德国的反犹，论规模性和暴虐性，足以使宗教裁判所迫害异端的故事相形见绌。

除了种族清洗，在社会群体中，具有知识分子意识的写作者由来是政治迫害的主要对象之一。从西方到东方，这是对女巫、癫僧、史官的历史性迫害的一种延续和扩大。这些人是天生的异议者，统一意识形态的敌人，他们不但可以作为忠实的记录者为历史作证，而且可以作为预言家和鼓动家，影响社会舆情。为了维护固有的政治格局，统治者势必通过各种手段迫害他们，以期剪除这根社会的大舌头。

在专制——所谓"开明专制"也是专制——政体之下，写作者面临三种选择：一，跟随权杖起舞，颂圣成为主流；二，逃避现实，顾左右而言他，最常见是风花雪月，娱乐化，形式主义。这两种选择，其实在骨子里是一致的，就是私人利益至上，拒绝承担社会责任，因此，对他们来说，写作当然是最稳当的买卖。另有一种选择，就是直面现实，干预社会，抨击专制体制，反抗权势集团。但这样,写作便成了一种冒险的职业,轻则失去自由,禁止发表作品,遭到监视、囚禁、流放,重则失去生命。

迫害与写作之间,形成一种张力,两者的博弈一直在进行。

苏联:在"无产阶级专政"的名义下

写作是需要余裕的,不但需要一定的物质条件,而且要有相对安全、宁静的环境。正如苏联作家扎米亚京在给斯大林的信中所说:"要一个作家置身于一年比一年厉害的有组织的迫害气氛中,从事创作是不可能的。"这里仅就一般文学写作而言,思想性论著还不包括在内。

在苏联,只要"倾向性"被认为出了问题,就随时有被剥夺写作机会的可能。真正的作家视写作为生命,正如扎米亚京所说,写作机会一旦被剥夺,则无异于面临死刑。

在出版被严格统一控制的情况下,意欲突破查禁的罗网而坚持写作,对于作家的勇气、意志和智慧,无疑是一种考验。

对异见者的迫害,在帝俄时代是有传统的,但是,人们无法预料,十月革命后,在"无产阶级专政"的名义下,迫害竟致于变本加厉。1922年,"哲学船事件"发生震惊世界。在这一驱逐事件中离境的哲学家和社会科学家,在境外出版了一批论著和回忆录,评述苏维埃政权下的人民生活,尤其是知识分子的境遇,总算保存了一段真实的历史。在此期间,高尔基主编的《新文化报》发表了在当局看来十分不合时宜的系列时评,结果被"动员"到国外疗养,且一去长达十二年,实际上让他噤声。列宁去世后,斯大林为了利用他的声誉,尊之为苏联作协主席,带头推行"社会主义现实主义"原则,打造了一批粉饰性的文学作品。

苏联当局掩盖了所有这些事实,几十年间,国内对"哲学船事件"一无所知,包括高尔基的时评《不合时宜的思想》成为禁书。相关的档案材料和文稿,直到苏联解体后才得以公开面世。

1957年11月,诗人帕斯捷尔纳克在意大利出版小说《日瓦戈医生》,次年被授予诺贝尔文学奖。苏联《文学报》认为授奖是西方的"一次怀有敌意的政治行动",小说也被《真理报》等指为"反革命、反人民、反艺术"的作品。鉴于作者的"背叛行为",苏联作家协会宣布开除他的会籍,团中央书记骂他是"一头弄脏自己食槽的猪"。帕斯捷尔纳克被迫作出检讨，拒绝接受诺奖，从此郁郁以终。1929年，扎米亚京的反乌托邦小说《我们》同样在国外出版，遭到批判后退出苏联作协，被列宁格勒作家出版社开除。如果不是高尔基施以援手，让他及时离境，结果将不堪设想。二三十年代，许多优秀的诗人和作家先后遭到镇压，其中有古米廖夫、曼德尔施塔姆、巴别尔等；或者以自杀结束生命，如茨维塔耶娃。左琴科和阿赫玛托娃被开除出作协，上了"黑名单"。布尔加科夫、普拉东诺夫、扎鲍洛茨基等人的戏剧、小说和诗作都被禁止上演和出版，甚至被目为"敌人"送至劳改营。在苏联，严厉的政治文化政策及出版制度窒息了思想，扼杀了独立、自由的写作。

大半个世纪的"苏联文学"，基本上是由政治局、宣传部和作协机关主导下形成的，是配合官方政治的奴隶主义的产物。

但是，苏联在气候最为肃杀的时期，仍然有人坚持严肃、真实的写作，如利季娅。她在1939年至1940年，即写出反映1937年肃反的小说《索菲娅·彼得罗夫娜》，一个母亲失去独子的故事。

关于这个小说，利季娅说："像索菲娅·彼得罗夫娜那样的人太多了，几百万，但生活在不允许人民阅读所有文件和文学的时代，几十年的真正历史被篡改的时代，他们只能根据个人经历独立思考……多年来我只有一份手稿，用紫墨水写在中学生厚笔记本上。我不能藏在家里，三次搜查和没收全部财产的经历记忆犹新。朋友帮我收藏笔记本，如果从他家里搜出，他会被五马分尸。"她最终没有因为自我保护的需要而搁笔。

苏联作协总书记法捷耶夫于1956年自杀。在遗书中，他这样描述苏联文学界的状况："优秀的文学干部在当权者罪恶的纵容下，或被从肉体上消灭，或被折磨至死，其人数之多，甚至历代沙皇暴君做梦也难以想到。"据统计，从1934年苏联作协成立到1954年作协第二次代表大会召开的二十年间，受到迫害的作家至少达二千人以上。剩下的是哪些人呢？肖洛霍夫在苏共二十大上有一个震动一时的讲话，他尖锐地指出，苏联作协全体成员中有一大批"死魂灵"；至于作品，除了极少数富于才智者外，都是"垃圾"。

斯大林去世后，苏联思想文化界进入所谓的"解冻"时期，其实为时十分短暂。由于政治体制并未出现根本性的改革，所谓"思想解放"是有限度的，依附这个体制生存的文学也不可能有大的飞跃。但是，到了六十年代，一个被称作持不同政见者的写作群体出现了。这些异见分子主动撤离官方布置的逼仄的出版空间,开始向地下和国外进发。地下刊物名为"萨米亚特",其活动在1955年到1965年间达到全盛时期。在国外出版的苏联被禁的作品名为"塔米亚特",此时也在扩散;而且萨米亚特很快就会成为塔米亚特。其中突出的地下作家有索尔仁尼琴,他的三卷《古拉格群岛》以编年史形式描绘了集中营的灾难性情景,许多象征性画面,其实是苏联社会生活的缩影。据传,在苏联,如果谁有一本索尔仁尼琴的作品,将会遭到逮捕,并且至少判处5年以上徒刑。但此时,迫害已无法遏止索尔仁尼琴的影响,仅《古拉格群岛》,便在多国出版,销售量达上千万册之巨。1970年度诺贝尔文学奖加强了索尔仁尼琴的影响力,致使他终于得以在两年后安全抵达西方。在领取奖金的讲演中,他严词谴责国内政权对知识分子的迫害,认为这是"对整个人类的一种威胁"。

后斯大林时代是一个平庸的时代。这时,当局对思想和写作的控制相对而言较为松弛,但是,由于斯大林主义本质的东西仍旧在支配苏联社会,所以仍然会出现像关押布罗茨基,逮捕西尼亚夫斯基和丹尼尔等恶性事件,以致一度激发包括苏联在内的世界性的抗议。然而官方的迫害行为,毕竟一步一步往后退,至80年代,便成强弩之末,一座屹立了七十年的大厦,即将悄然坍毁。

东欧：苏联政治的复制品

作为苏联在东欧的"卫星国",迫害与写作的冲突一样持续了数十年。由于这些国家的政治体制与苏联同构,所以迫害的手段,包括使用的名义、理论、口号,可以说是完全复制苏联的,属于斯大林主义版本。

个别国家如罗马尼亚,对写作的干预特别严厉,赫塔·米勒、马内阿等作家直呼党的书记齐奥塞斯库为"独裁者",著书控告国内的书报审查制度。被称为"独裁统治日常生活的女编年史作者",赫塔·米勒本人长期受到安全部门的监控,她的作品行文跳跃,作风怪异,与不自由的处境是有关系的。处女作《低地》在出版审查时遭到严重删改,甚至连"箱子"一词也要删去,免使读者联想到"流亡"。但是,她没有屈服于审查机构的意志,把《低地》偷送到德国出版。她表示说:"我总是警告自己不要接受政府供给人民以'词'的意义,我也意识到语言本身不能作为抵抗的工具。语言惟一能做的就是保持自身的纯洁。"罗马尼亚在上世纪七十年代一度把审查的职能机构直接落实到编辑手上,并且不断把那些精明可靠的专业人员调入编辑队伍中来;到了八十年代中期，重新设立了一个中央审查机构，进一步加强意识形态控制。马内阿就有两部作品无法通过审查，他的随笔集《论小丑》载有这方面的个案，可见审查的严密。用马内阿的说法是，解决问题的途径只有"欺骗"："在作品中使用诈术、典故、暗码或粗糙的艺术形象，痛苦而隐晦地和读者进行沟通，同时又希望能躲开审查者。"其实，这里所说的"欺骗"，正是隐微写作。

阿尔巴尼亚的情况，可举著名小说家伊斯梅尔·卡达莱为例。无论在国内还是国外，他都是一个有争议的作家，所以如此，主要是因为他在领导人霍查在世时，是一个颂歌唱得最响亮的"御用作家"。在国际上有影响的小说，大都是他出国以后写成的。人们始终弄不清楚：他的前后差异完全是出于人格分裂，还是最后走向对真理的皈依？出国前写成的小说《梦幻宫殿》，采用寓言体形式，完全有可能为了逃避恐怖，而不仅仅出于艺术上的考虑。然而，由于主题的敏感性，虽然说的是奥斯曼帝国的故事，也无法遏止读者包括审查官员的想象，所以出版后不久即被列为禁书。

波兰是一个英雄的民族，十九世纪以来不断进行争取民族独立和民主的斗争。文学方面有着密茨凯维奇、显克维奇的传统，但是，至二十世纪下半叶，那种直面人生、批判现实、勇敢抗争的小说作家极为罕见，而以愤火内焚并以此烤炙社会的诗人却成群出现，成为一种突出的文学现象。为了逃避政治恐怖，恰好拜诗歌含糊多义的形式之所赐。米沃什是其中的代表性诗人，不过他在完成随笔集《被禁锢的头脑》之后，就流亡到美国去了，大部分诗人仍然留在笼子里歌唱。1976年，另一位著名诗人赫伯特办了一份地下文学刊物《记录》，除了刊载其他作家和诗人的作品之外，他自己也不断在上面发表抗议的诗章。

《被禁锢的头脑》第三章写到"凯特曼"，一种伪装方式、手段和策略。其中说，受到"帝国政权和辩证法压力"的知识分子思维充满了矛盾，"几乎所有人都不得不成为演员"。然而，作为一个热爱自由、追求真理的作家，如果不甘于沉默，希望在书架上看到自己的作品，而又能保持内心的信仰，就必须付出代价，甚至必须写出一定数量的歌功颂德的文章和诗歌。他提醒说："评价一个人在地球上的生活形态，不能只根据他被迫写了一些昙花一现的赞颂作品。"书中以波兰的伟大诗人密茨凯维奇为例，说"他尽管十分憎恨沙皇，也不得不将自己的长诗献给沙皇，题词中对沙皇大加赞颂。他深知他自己落入了陷阱，便使用了骗局逃离俄罗斯，表现出他真正是个何许人物。"凯特曼有诸多变种，从事写作是其中的一种。"职业工作凯特曼"中的写作，其实就是施特劳斯所说的"隐微写作"。

在东欧，几乎是连锁反应般地，在七十年代都出现了地下刊物。现在看来，这种萨米亚特现象，其实是"斯大林体制"崩溃的一个先兆。

萨米亚特最活跃的国家是捷克斯洛伐克。1968年的"布拉格之春"，加剧了知识分子的地下活动。遭禁的作家定时聚会，朗读新作，交换手稿，非法印刷及传播。至1980年年底，秘密出版的持不同政见者的书籍即有200多种以上。昆德拉是一个从接受现体制保护向为抽屉写作过渡的作家。在他表现出明显转折的作品《玩笑》出版时，仍然被审查官扣留了半年。他渴望逃避，后来去了法国，以致最后用法语写作。现行体制不容许"真实"的存在，不容许质疑，更不容许抗议。由哈维尔、帕托切克等联合签署的《七七宪章》，是著名的地下出版物。发起者要求"政治需听从法律，而法律无须听从政治"，结果是"政治"登台清场，哈维尔系狱，帕托切克被折磨致死，宪章运动遭到严厉镇压。然而，历史的意志毕竟不可违拗，《七七宪章》的影响力不断扩大，从地下到地上，终至于在1989年揭开新的一页。

东欧同苏联一样，由于特殊的制度因素的制约，优秀的作家和作品，大抵只能在地下和国外产生。

德国：围绕"托马斯·曼风波"

阿伦特在其政治学名著《极权主义的起源》中，将苏联和纳粹德国一并论列。历史表明，德国的国家社会主义，在许多方面是师法苏联的，陈独秀则干脆指德国是普鲁士传统加布尔什维主义。其中，意识形态的控制与宣传，利用所谓"群众"对知识分子、作家和艺术家进行迫害等尤为突出。纳粹集团从崛起到覆灭，大约只有十年左右，由于上台仓促，又急于发动战争，在文化政策的制订方面，不如苏联的系统周密。对于知识分子和自由作家，也都基本上采取运动式的一次性清洗的策略，一面焚毁书籍，一面流放或监禁精英分子。据魏德曼《焚书之书》提供的名单，在1933年至1935年间，共有94名德国作家和37名非德语作家作品被焚毁，100多位作家逃亡国外。亨利希·曼、托马斯·曼、布莱希特、图霍尔斯基、茨威格等著名作家都在逃亡之列。

迫害是有威慑力的。但是，对于那些远离国境的作家来说，极权的淫威已不复存在；他们跟从前一样，依然关注着这块为恐怖与谎言所统治的故土，以笔为剑，加入国际反法西斯主义阵线。在耽留国内的作家中,不少乐于充当纳粹政权的啦啦队,响应"血与土"的主旋律,制造新的国家神话。自然也有保持沉默者,有的则在无涉政治的题材中写些电影脚本,或是儿童读物。值得指出的是,有一批被称为"内心流亡者",他们不惮于眼前的压力,在无比险恶孤独的境地里,发出深沉的反抗的呼声。

流亡的作家不承认世界上有什么"内心流亡",质疑"留下来的人"的作品的反抗的有效性。而在国内从事禁闭式写作的作家对于流亡作家置于自由的国度而非议不自由的同行的做法,同样不能接受。著名的"托马斯·曼风波"凸显了两部分作家的分歧,它对于理解政治与写作的令人困惑的关系,颇具启示的意义。

1945年5月8日,托马斯·曼在英国广播公司对他的"德国听众"发表讲话,首次提出一个"德国人"的集体耻辱问题;对于国内同行呼吁像他一样的流亡者回国一事,表示了自己的看法。这次讲话引来莫罗、蒂斯等人的答复。蒂斯在公开信中否认全体德国人都负有罪责,为"留下来的人"辩护,甚至说:"我认为要在这里保持人格,比在那边向德国人民发些通告不知要困难多少,那些通告,人民中有些是根本不听的,而我们这些知情者则始终觉得比他们高出一头。"

托马斯·曼把关注点引到"忠诚誓言"上面，因为许多被称为"内心流亡者"在纳粹统治时期都曾经宣誓效忠。他斥责说：

> 在我眼里，从1933年到1945年在德国境内能够出版的书籍毫无价值，不值得沾手。这些书散发着血腥、耻辱的气味。这些书应当统统捣烂化为纸浆。

德国报纸展开激烈讨论，不少人对托马斯·曼进行反击。为此，托马斯·曼非常失望，拒绝回国，其他流亡作家也深感受到祖国不公正的对待。

蒂斯在辩文中，把极少数纳粹分子及当时官办"作家协会"全部成员归纳为"内心流亡者"，无疑是草率的。但是，在"留下来的人"中，确实存在少数坚定的反抗分子；有的早先还曾是纳粹的追随者，终至放弃优越的写作条件而从事冒险实属不易。纳粹掌权后，严厉控制新报刊的创办，为了尽可能缩小舆论的影响力，甚至垄断了报纸的分配。尽管如此，当局仍然无法禁止原有的报刊为"国内流亡派"所利用；至于由一些进步的党派势力组织式渗透的作家团体，表现尤为激烈。它们出版抵抗运动的小册子、地下报刊、各种非法出版物，突破重重关卡传送到尽可能多的德国人手中；或者将出版物偷运出境，在国外揭露德国的事实真相，发出呼吁和警告。更普遍的情况是，留下来的作家多以自己所独创的、伪装的、巧妙的形式，争取通过书报审查，以期获得合法出版。事实是，已经获准出版的书刊，也不能确保绝对安全。正如费舍尔在流亡者刊物中预料的那样："他们的嘴迟早要被封上，他们手指间的笔早晚要被击碎。"被逮捕，进集中营，遭到处决的作家足够开具一份清单。在极权国家里，只要心怀不满而又有所表达，都会遭遇不幸的结局。而这种压抑和恐惧，倒是流亡国外的作家所无须经受的。

关于"隐微写作"

纳粹上台时逃至美国的犹太政治哲学家列奥·施特劳斯于1952年出版《迫害与写作艺术》。他给出的"迫害"的概念，涵盖最残忍的类型和最温和的类型，但明确指出，如宗教迫害、政治迫害与一般的社会排斥是不可同日而语的。因为迫害，产生出一种独特的写作技巧，一种独特的著述类型：只要涉及要害问题，真理就必须通过字里行间呈现出来。这样一种"采用字里行间的写作方式"，施特劳斯称之为"隐微写作"，而与"显白写作"对称。隐微写作明显是隐喻性的，带有构思晦涩、矛盾、怪异、迂回、暗示、提示、象征、双关等等特点，包括使用笔名。剧作家布莱希特在《写出真实的五种困难》一文中提到的"把真实分成许多份来说"，也可算是隐微写作的一种技巧。隐微写作是与专制的、不自由的社会环境联系在一起的；除非思想气候发生变化，不然，持异端观点的作家一定不会放弃这种写作方式。

施特劳斯认为，隐微写作具有公共交流的全部优点，而免于公共交流的最大弊害：作者有可能被处于极刑。作家坚持隐微写作，选择的读者对象只能是有思想的人，通过这些"值得信赖的聪明读者"，以"字里行间阅读法"还原其根本意图，从而把真理从真诚的谎言中剥离出来。

在极权主义国度，优秀的著作几乎不可避免地带有隐蔽的方式、形式和风格。由于文学作品本身用形象说话，可以避开逻辑语言的直接性，而且，除了虚构，它还拥有多种修辞方式，可以成为隐蔽的对抗手段，因此，隐微写作者往往是作家；在政治迫害时期出现和存留最多的作品，就是文学作品。

德国老牌杂志《德国评论》的主编培切尔为了把刊物变成反对派的喉舌，便采用伪装手法。比如他最有名的一篇关于西伯利亚的文章,其中有一段对一本写苏联恐怖政策的书的评论,每句话都适用于纳粹的高压政策。刊物不时出现诸如《骗子颂》、《权力的罪恶》、《一个暴君的形象》等标题,启人联想。当然,作为代价,他在集中营和监狱中关了三年。《法兰克福报》的文艺副刊利用纳粹党人的语言说事,如称日本人为"黄色的雅利安人"之类,极力以合法的形式表达对国家社会主义的不满,最后导致报纸的被查封。

历史小说盛行是有根据的。留给德国作家可选择的题材有限,动辄得咎,只好回到往昔寻找更大一点的写作空间。当时,伯根格伦写了一部影响极大的小说《大独裁者和法律》,当它最初以连载形式刊出时,编辑不得不对原稿进行了改动。首先,书名换成《诱惑》,书中"独裁者"改为"摄政者",只要小说中的独裁者与希特勒有相似之处都被删除干净,所有的政治性暗示当然不可能保留。小说出版时意外恢复了原来的书名,震撼力可想而知。雷克-马尔克泽文的《博克尔森:一场群众性歇斯底里的历史》是一部历史学著作,表面上是有关十六世纪蒙斯特的再洗礼教教徒的研究,实际上在攻击导致纳粹党上台执政的群众性歇斯底里;而且,书中对政治暴发户必然迅速垮台作出暗示。在当时一片"形势大好"的情况下,他还设法公开发表《绝望者日记》,说:"任何人只要怀疑到或发现了新教义的毛病,都注定要判死刑。"这就露骨多了。结果,在被监视十年之后,他于1944年12月被捕,两个月后死于达豪集中营。恩斯特·荣格的小说《在大理石峭壁上》被誉为"德国国内抵抗派文学代表作",不但能公开出版,而且头版销量在万册以上,创造了一个小小奇迹。究其原因,就在于神秘、华美的形式外衣,迷惑了审查官的眼睛和鼻子。小说写到暴君和恐怖,但是荣格并没有虚拟一个固定的故事背景,而是在过去和现在、北方和南方、爱情与死亡之间自由往返,意象密集,文字优美,神话和隐喻超量使用,正如一位评论家所说,它是作者"内心刻意结撰的一个神秘的避难所"。当然,荣格作为民族派人物的赫赫声名起到一定的掩护作用,不过,当时已经有人提出此书应当列入黑名单。

在纳粹德国,抒情诗突然繁荣起来。据文学史家的描述,作家普遍写诗,这种现象比倾向于历史题材的写作更加引人注目。所谓"诗无达诂",诗歌本身的歧义性,就包含了"隐微写作"的有利因素。哈格尔斯坦概括这个时代许多人选择十四行诗的原因时说:"十四行诗为他们提供了像花岗岩石板一样的建筑材料。这种形式体现的是与混乱的对抗,是对新秩序的期望,对虚伪灵魂的反击,十四行诗完全变成了一种流行的抵抗形式。"说十四行诗是一种"抵抗形式"未免夸大,但确乎不乏这样的例子。在被枪杀的莫阿比特的遗物中有一个笔记本,上面留下写于狱中的79首诗,就叫《莫阿比特十四行诗》。

从隐微写作看迫害与写作的关系,是写作者与权力者之间的一个周旋过程。维舍特原来算得上是纳粹党的宠儿,曾经两度获奖,甚至计划写作一部题为《第三帝国》的"日耳曼人灵魂的清唱剧"。一如他所述,"直到1935年以前,那条路仍然对我敞开着。我非常清楚,那是一条表面看来十分耀眼的路,我只须抓住那仍向我伸出来的手便可踏上这条路。"但是,他并不想抓住那伸过来的手。最终他抛弃了官方所给予他的盛大的荣誉,还有锦绣前程;尤其令官方不能容忍的是,他对这所有一切公开表示蔑视。他被关进了集中营,出来后,并未中断写作和社会活动。1935年4月,他在慕尼黑大学演讲,呼吁大学生独立思考,倾听良心的声音,不要被蛊惑。这次演讲,在莫斯科的流亡刊物《发言》上发表,为当局所注意。1937年,他在科隆搞了一次公开朗读活动,朗读他的《白水牛》——一个关于坚持正义和真理,与谎言作斗争的印度传说,直接招致盖世太保的制止。1938年春被捕,在慕尼黑监狱转入布痕瓦尔德集中营，直到年底释放。他在小说《死亡之林》中记下集中营的体验，这个作品以及其他一些作品都被他埋在花园里，直到纳粹政权覆灭之后，才拿出来发表。

在对抗政治迫害的斗争中，写作者表现了他们的英雄主义。他们努力突破严密的审查制度而争取合法出版的权利，即使完全被封杀，还可以伪装，隐微写作；还可以保持沉默，转入地下。他们始终等待而且相信，独裁者终有灭亡的一天。真正的写作者忠于自己，他们都是有尊严的人，都有一颗自由的、不屈的心。

拉丁美洲：军人集团与文人集团的较量

拉丁美洲有着独特的历史，它长期封闭起来，被"发现"很晚，是西班牙、葡萄牙等欧洲殖民主义者把它带到现代的门槛上来。在政治文化方面，既与欧洲传统相连接，又极力使之分离。这种分离意识在第一代知识分子中便已充分地表现出来，如何塞·马蒂等，他们勇敢地投入到反对殖民者、争取民族解放的斗争之中。在这中间，伴随着他们的不仅仅是火器，还有写作，都是集体的战叫。

驱走殖民主义者之后,军人长期盘踞拉美政坛,实行独裁统治。民族独立并没有给人民带来自由与和平。1982年,马尔克斯在诺贝尔文学奖演说词中专一诉说拉美的"孤独":在十年左右的时间里,发生过5次战争、17次政变,由于暴力镇压而死去的人有12万之多。阿根廷1976年至1983年的"肮脏战争"臭名昭著,孕妇被捕后在监狱分娩,而孩子不是被军人"偷窃",就是被监禁在孤儿院里。三万人失踪,"五月广场"至今飘荡着青年的亡魂和母亲的哭泣。智利的逃亡者即多达100万,占国民人口的百分之十。乌拉圭被认为是拉美最文明的小国,每五个公民就有一个人在流放中失踪。马尔克斯统计说,如果将拉美的流亡者和被迫移居国外的侨民组成一个国家,其人口总数将比挪威还要多。

流寓欧洲的作家很不少,虽然大多是"自愿的流亡者"而非政治流亡者,但都是因为逃避国内政治的专制和黑暗,正如略萨介绍说的,流亡国外可以更好地写作。他说,仅仅在秘鲁就能开列一份由流亡多年的人写的著名作品的清单。其中,写《王家述评》的加西拉索流亡了三十年,写《人类的诗篇》的巴列霍流亡了十二年。这些流亡者即使远离了拉美,仍然不曾忘怀这块黑暗的大陆,他们的作品带有深刻的民族特点;所以,略萨说流亡者加西拉索和巴列霍的文学，可以称为扎根本国的文学。

作家受到专制当局的直接迫害而系狱、逃亡，甚至死去也大不乏人。古巴的卡彭铁尔，由于在一项反对马查多的宣言上签名，便被投入监狱，他关在普拉多第一监狱里就达七次之多。他的第一部小说，就是在狱中写的。智利诗人、诺贝尔文学奖获得者聂鲁达，在上世纪40年代沦为流亡者。他的住宅被焚烧，本人遭到通缉，有长达一年零两个月的时间过着逃亡生活。就在这动荡的生活中，他完成了一生中最辉煌的诗集《漫歌》。其中，就有一首长诗名为《逃亡者》。1951年流亡法国的阿根廷小说家科塔萨尔形容这些处于军人独裁统治下的拉美国家的文学，就像一个人在牢房里唱歌，包围他的只是憎恨和不信任；在那里，无论是批判性思想还是纯粹的想象都被视为一种罪行。他说，只要文学干涉现实，就会立刻遭到现实的排斥和打击；那些揭露现实的文字，只能把思想真实和希望的秘密藏匿起来，阅读它就像收到那种抛在大海里的漂流瓶一样。

科塔萨尔指出，阿根廷文学跟智利、乌拉圭文学一样，其处境是绝望的。它是一种在流亡和被迫的沉默、疏远和死亡之间摇摆的文学。一些作家侨居国外，另一些作家却根本不能出国，他们遭到绑架甚或被杀死。他随之列举了一批作家的名字，肯定了"在国内工作的人"为使他们的思想战胜审查和威胁而竭尽努力；与此同时，在国外写作的人也在通过公开的或地下的途径，向国内人民传递他们的声音，为抵消官方的宣传而全力以赴。

传记作家伍德尔称，博尔赫斯"到死为止同他国家的历届政府一直不和"。事实上，博尔赫斯是一个保守主义者，长期受到左翼的攻击，晚年有同军事独裁政府合流的嫌疑，曾同魏地拉将军共进午餐，同臭名昭著的杀人犯、大独裁者皮诺切特将军合影，还曾接受邻国大元帅颁给的贝尔纳多·奥希金斯十字大勋章。据说正是为此失去诺贝尔文学奖的殊荣。但是，他确实是一直敌视庇隆及其政权的。

另一位传记作家莫内加尔称，博尔赫斯生活在"庇隆的精神牢狱"里，"他憎恨这个煽动社会仇恨、进行卑劣的法西斯说教、用庸俗的方式大肆蛊惑人心的政客领袖"，他带着这种愤激构筑他的文学迷宫。在这里，引入施特劳斯的"隐微写作"的概念是合适的。博尔赫斯曾经声称："独裁扶植了压迫、奴役、残暴，更可恨的是独裁扶植了愚蠢……"；又表示说，向独裁政权的野蛮和愚蠢的行为作斗争，是作家的诸多责任之一。可是，他毕竟是一位胆小的作家，在巨大的政治压力面前，充分显示了虚构的能力和智慧的技巧，伍德尔称之为"典型的规避战术"。他有一些作品是秘密印刷，在小圈子内流行的。在作品中，他试图否认时间的存在，着力于描画同源事实，呈现幻想世界、历史与现实世界的同一性，"不是相似，而是一模一样"。在诗集《深沉的玫瑰》中，他写诗悼念五岁的甥孙女落水溺死："在这次小小不言的死亡中/有多少可能的生命随之消失？"在诗中，他讽刺说，他的国家是"英勇的"；而这个国家，正是已经开始了"失踪者"时代的阿根廷。诗的最后一行是："笼罩在我们头顶的是残暴的历史。"

1980年4月28日，博尔赫斯对《新闻报》驻马德里记者发表声明说："对于恐怖主义和镇压在国内造成的严重的道德问题，我不能置之不理；面对这么多的死亡和失踪，我不能保持沉默。"一个月后，他又发表一个反政府的声明："对于现政府，我无法施加影响。它是个国家主义的政府，我不是国家主义者。……我没有任何职位，我是自由人。"

博尔赫斯20年前所作的声明，至今仍然使广大的幸存者感到震惊，心存愧疚。这个盲人被我们的许多才子作家奉为艺术守护神，后现代主义文学偶像，但是，他们忘记了，就是这样一个拉美作家，在他的迷宫样的作品中，隐藏着一种不屈的对抗的力量。正如他在作品《扎伊尔》中的一句插话所表述的："不管怎么不完整，我仍旧是博尔赫斯。"

中国：鲁迅传统

中国是一个有着二千多年专制主义传统的国家。其披覆之深广，致使二十世纪七八十年代文化大革命结束以后多年，诸多文件、报纸、报告、会议的讲话等仍然出现"封建主义残余"一类话语。自秦以后，行郡县制而非分封制，即所谓"百代都行秦政制"，所以，学术界有人作出结论说：教条主义地套用马克思的建基于西方历史的历史分期说是不恰当的，从本质上说，"封建主义"应为"专制主义"。

秦始皇"焚书坑儒"是中国式文字狱的一个原型。文人命途多舛，明清之后，所受迫害更剧。及至现代，国民党以党治国，把苏俄和德国现代管理的严密性和本土帝制时代人治的随意性结合起来，建立书报审查制度，对作家言论和写作实行高度控制，这在中国历史上是带开创性的，前所未有的。今天有学者淡化甚至美化国民党统治时期的文网史，如果不是出于相对主义的叙述策略的话，那么简直是无知妄断。无须翻查相关的档案及文学资料，仅就鲁迅三十年代的著作而言，就多次涉及国民党的文化统治政策。所谓"吟罢低眉无写处"，这是的确的。

作为反抗迫害的写作者，鲁迅无疑是一个标志性的人物。他的作品被删、被禁，或根本无从发表。但是，他没有在淫威下屈服，誓言"以笔对付手枪"，主张"韧战"、"壕堑战"、"散兵战"，不断寻找"钻网的法子"，并极力使之完善为一种艺术，他使用笔名多达90多个，在世界作家中是罕见的。在他的作品中，杂文写作尤为突出：题材有史学，有新闻，以及各种杂闻，可谓无所不包；类比、借喻、讽刺、幽默、反语、互文、影射、改写，春秋笔法，神出鬼没，堪称隐微写作的大师。但在关键时刻，他也会走出壕堑，恢复显白写作。远在北洋政府枪杀学生，国民党"清党"时不说，"党国"建成之后，当左联作家被害，日本侵华，重大口号论争，他都有锋芒毕现的作品出手。但主要是隐晦曲折，这是迫害时代所加于反抗者的风格烙印。也有完全转入地下的，譬如拿作品到境外发表，或在非法刊物发表。

鲁迅去世以后，他的隐微写作的传统并没有在历史的顺延中得到合理的承继。抗战文学趋于一致性激烈，是可理解的，战后的写作者也多党派化，集团化，独立反抗的写作者非常稀少。

延安文学是中国文学的一个重要分支，有它的独特性。在延安，鲁迅一面受到尊崇和利用，但是，另一方面也受到不应有的贬抑和扭曲。有一种理论认为，解放区是光明的，采取暴露的方式是不合适的；而且，讽刺不能乱用，倘运用于革命人民和革命政党是错误的，因此，鲁迅式的"杂文时代"应当宣告结束。鲁迅的青年朋友如萧军、胡风、冯雪峰，先后遭到整肃并非偶然。据说，1957年"反右"初期，在上海的一个文教工商界座谈会上，翻译家罗稷南向毛泽东提出一个关于"鲁迅活着会怎样"的问题，毛泽东的回答是："要么被关在牢里继续写他的，要么一句话也不说。"

1949年以后，政治运动频繁，知识分子被规定为思想改造的对象，这对于正常的写作是一个冲击。"文化大革命"发展到极端，一夜之间，许多学者成为"反动学术权威"，作家成为"牛鬼蛇神"，被抄家，批斗，关进"牛棚"，下放"干校"，被迫放弃写作。如巴金就没有创作，连隐微写作也没有；发表时被"开天窗"的《随想录》，还是"文革"过后几年写作的。当时，他只敢做做翻译，顶多是腹诽，借译赫尔岑诅咒沙皇的文字以舒愤懑。整个"文革"期间,只剩一个作家和几个戏,哲学社会科学及文学刊物停刊,书店一度只有"红宝书"赫然在架。如果说有所谓"地下文学",惟是《第二次握手》之类有数的几种。右派刘绍棠把偷偷写就的小说稿埋入地里多年,后来挖出来发表,其实,依旧是如从前一样的田园牧歌式作品。

用意识形态专家的概念来说,这是一个"左"的时期。中共十一届三中全会前后,开始"拨乱反正",平反冤假错案,55万右派脱帽,知识分子加冕为"工人阶级的一部分",堪称"大团圆"的美妙结局。当时,知识界有"第二次解放"之说,可见先前的禁锢之深,也可见即时的一种普遍的感恩心情。今年4月,为纪念毛泽东《在延安文艺座谈会上的讲话》发表70周年,上百位著名作家踊跃参与中国作家出版社发起的"《讲话》百位文学艺术家手抄珍藏纪念册"活动。经历了几十年政治运动的考验,中国作家始终与党保持高度一致。

所谓"鲁迅传统",在新的形势下,是否有必要作出新的阐释?

2012年8月1日

布鲁诺

火，一个殉道者

火，剽悍而神秘。

世界上许多民族，早在几千年前的孩提时代，便把火当成它们的崇拜的图腾。热爱可以产生崇拜，但恐怖，也未尝不可以产生崇拜的。关于火的神话和传说，总是美丽得令人伤感，而历史则始终是那么严峻。普罗米修斯，所以终年以血肉饲高加索的鹰鹫，就因为盗取了"天火"的缘故。可是，先知不知道：火，带给人类的竟会是毁灭性的打击。打击面大的，有古来的战争，即所谓"兵燹"；小则可以成为一种对付思想者的酷刑！

意大利著名的哲学家、诗人和战士布鲁诺，就是葬身于火的。古人渺矣。至今挑灯读斯人传，触指犹能感觉纸间逼人的灼热来——火呵火呵。

中世纪，在通史的卷帙里不过占薄薄的几十页，实际上却绵亘了数百年。这期间，一切科学、哲学、艺术，都成了神学的婢女，整个社会弥漫着一种森凉的可怕的气氛。作为时代的象征物，宗教法庭出现了。这头专事搏噬"异端思想"的巨兽，其活动开始由地方教会进行，尔后便设立了中央集权的教皇异端裁判所。在欧洲，到处布置着眼睛、暗探和伪造者。他们的生存方式，惟靠告发那些据说是抨击教会或对教义持有怀疑态度的人们。只要一旦成为嫌疑犯，就得接受各种酷刑，直至终身监禁或烧死。后来的宗教改革家迫害异己，一律用的火与剑。他们努力铲除思想不同的人，手段的残酷丝毫不逊于他们的祖宗和兄弟，正统的教廷分子。西班牙学者塞尔维特，就是被新教徒的领袖加尔文亲自下令烧死的。

布鲁诺重复了塞尔维特的结局。对于他，本来是有许多可以脱逃的机会的，但都被他一一抛弃了！我不知道昆虫学家怎样解释飞蛾赴火的现象，可惊异的是，在生物界，不同的生命实体，竟至于追求同一种热烈的死亡！

布鲁诺的道路不是开始时就布满了荆棘。这个诺拉人，18岁就被授予修士的神品，以后逐步升为副助祭、助祭，直至神父的职务。不幸的是迷上了思考。自从在教义里，在传统哲学权威亚里士多德的本本里发现了越来越多的漏洞，他变得躁动起来了。地球是世界的中心么？太阳呢？一个太阳还是千万个太阳？……从怀疑的头一天起，他就理所当然地被置于教会和世俗的对立位置上。可怕的悬崖。要不要勒紧缰绳？还是策纵前往？披着神学家的外衣，内心却是皈依真理的英雄激情者——难道这是可能的么？当他决意接过哥白尼的天体学说，去摧毁教士和庸俗哲学家制造的贫乏的天穹时，便立即成了追捕的对象。他逃跑了。

西谚说："条条道路通罗马"。具有讽刺意味的是，诺拉人前往罗马的道路并不通畅。危机四伏。他不得不做了一件新僧服披上，以期获得一种安全感。他辗转到过许多地方：日内瓦，巴黎，伦敦，布拉格，威尼斯……只要决心放弃危险的思想，他不是不可以选择某个驿站作为一生永久的居所的。由于博学，他曾不只一次被聘为教授。倘使甘于充当神学教义的一名诠释者，谁敢保证他不能成为奥古斯丁的光荣后代呢？可怕的是自我放逐。这个逃亡的修士，流浪的哲学家，不安分的自由思想者，竟公然宣布自己是不属于任何一所学院的"独立院士"！在大学讲坛上，他一刻也不忘记自己的使命，继续抨击权威的偏见。他太爱议论了。面对大群的博士方帽，竟也那么咄咄逼人，一点不肯退让；甚至在书籍审查官的眼皮底下，不断出版自己的叛逆性著作！背教者是没有出路的。锒铛入狱，自然不是什么意外的事情。

面前只有一条道路通往遥远的自由。布鲁诺知道，那就是悔罪！在异端裁判所推事们的面前表示顺从！但是，他没有做到。是的，为了逃出牢笼，他不得不坚持明显的谎话；而只要回到狱中，就决不会像其他犯人一样，对墙上的圣像下跪，祈祷，唱赞美诗，顶礼膜拜。80个月以后，宗教裁判所把重点放在被告的言论和著作上面，从中选择几条肯定无疑的异端论点，定为《八条异端论点》，要他承认，并且表示放弃的决心。否则，将作为"顽抗到底"的异端犯在火刑架上烧死。

布鲁诺的答复将决定他的命运。幸好他承认了。

呵，你不是说过，英勇地死于某个时代，结果却是不死于一切时代么？那么，你为什么要逃避死亡呢？你曾经把你的时代说成是"变节者的时代"，背叛自己难道不是背叛？放弃你所追求，你所创造，你为之生活为之奋斗的东西，难道不是变节？比起那些为了一根肉骨头而愿意出卖一切的可怜的瞎子，你这个变节者是否更坏？……

布鲁诺要求重新给他拿来文具、削笔刀和眼镜。接着，教皇收到了他的一份声明：拒绝承认一切错误！噢，经过多年的磨难，这囚犯居然还有力量反抗！

最后40天！宗教裁判所相当宽容，给了布鲁诺40天时间，让他再三考虑面临的下场。40天！还有40天！只有40天！然而，一切说服工作都无济于事，最后一次机会仍然被他放弃了！

1600年2月，布鲁诺被正式宣布处以火刑，其一切作品当众焚毁并列入禁书目录。他没有屈服。他站了起来。他朝向审判他的人，神情决绝而严峻地高声说道：

"你们向我宣布判决比我听宣判更感到恐惧！"

布鲁诺。八年的囚禁日子结束了。所有属于他的日子都结束了。天亮之前，他被换上了异端犯的囚衣。一把特制的铁钳夹住舌头。除了脑袋，舌头自然是人体最重要的部件了。然后是火。火。火。鲜花广场没有鲜花，只有火。铁链。火刑架。一根杆子把耶稣像从远处伸了过来。眼睛闪闪若有雷电。他伸直颈项，立即转过脸去！事实证明，宗教裁判所的裁判无误：布鲁诺，确乎是神的最顽固的敌人。

在中世纪，拿一个人的力量去对抗一个制度化了的庞大的宗教体系，肯定是绝望的。那么，布鲁诺的希望在哪儿？未来？迢遥的未来与一名死囚有什么关系？也许，希望和绝望对他来说是没有意义的，他所以敢于蔑视熊熊的火刑柱，仅仅是出于内心的使命，内在的激情，对于思想的迷恋。希腊罗马神话中的猎人阿克特翁，因为窥见了月亮和狩猎女神狄安娜，结果遭到女神的报复，在追逐中最后变做了一头鹿。戏剧性在于：猎人反而成了猎物，被自己的猎狗撕成碎块！在这里，真理是狄安娜，被撕成碎块的猎人是布鲁诺。为了一种刻骨铭心的追求，结果做出了最彻底的牺牲。追求是执著的，持久的，残酷的，所以是崇高的。最美好的词汇都被诗人用来歌颂坚贞的爱情，我们将用什么语言去歌颂这种比爱情更为崇高的情操呢？

马克思把偷窃"天火"的普罗米修斯称作"哲学历书上最高尚的圣者和殉道者"。死于火刑架的布鲁诺，不也是这样一个圣者和殉道者么？他一样不愿意成为"上帝的忠顺奴仆"，却以最深沉的苦难和最坦荡的牺牲，完成了自己的人格。

关于宇宙天体的多元、无限，运动的学说，在今天，已经成为小学生的常识。那么，布鲁诺当时是否值得付出高昂的代价呢？他是不是过于严肃了一点？不过，倘使从来未曾出现过布鲁诺一样的"太阳的儿子，宇宙的公民"，我们是不是仍然得躲向僧侣的袍角，猜有关世界的哑谜呢？全书的结束语道："人类是经过火刑架飞向宇宙的。"难道这就是我们通常说的所谓历史么？

而今，于数百年之外回望中世纪，无论专制、苦难与抗争，毕竟都如古成语说的"隔岸观火"，可堪鉴赏。把笔之顷，夜凉如水；呷一口清清冽冽的茉莉茶，听一段咿咿呀呀的时代曲，此等情调，去布鲁诺则远矣！

左拉

左拉和左拉们

1894年，法国陆军上尉，犹太人德雷福斯被法国军事法庭以泄密罪判处终身流放。1896年，有关情报机关查出一名德国间谍与此案有涉，得出德雷福斯无罪的结论。但是，战争部及军事法庭不但无意纠错，而且极力掩盖事实真相，调离该情报机关负责人，公然判处真正泄密的德国间谍无罪。为此，著名作家左拉挺身而出，接连发表《告青年书》、《告法国书》，直至致总统的公开信，即有名的《我控诉》，由此引发整个法国争取社会公正的运动。军方以"诬陷罪"起诉左拉，接着判一年徒刑和三千法郎的罚金。左拉被迫流亡英国，一年后返回法国。继续与军方斗争。直到1906年，即左拉逝世四年后，蒙冤长达12年的德雷福斯才获正式昭雪。

这就是历史上有名的德雷福斯事件。

左拉受到法国乃至全世界的赞誉是理所然的。因为他是如此不遗余力地为一个与自己毫无瓜葛，同整个军队和国家相比实在渺小不足道的人说话，维护他的权利、名誉与尊严；因为他敢于以一己的力量向一个拥有强大威权的阴谋集团挑战，而正是这个集团，利用现存的制度，纠集形形色色的邪恶势力，极力扼杀共和主义、社会正义和自由理想；还因为他不惜以抛弃已有的荣誉和安逸的生活为代价，不怕走上法庭，不怕围攻，不怕监禁和流放，而把这场势力悬殊的壮举坚持到最后一息。为维护法兰西精神而反对法兰西，这是不同寻常的。马克·吐温写道："一些教会和军事法庭多由懦夫、伪君子和趋炎附势之徒所组成；这样的人一年之中就可以造出一百万个，而造就出一个贞德或者一个左拉，却需要五百年！"如果目睹了人类生命质量的差异之大，应当承认，这些话也不算什么溢美之辞。

但是，在左拉周围，有一个富于理性、知识、良知和勇气的知识者群体——和左拉战斗在一起的"左拉们"，这是不容忽略的。正是因为有了卢梭和整个启蒙运动的思想滋养，有了法国大革命所培育的"自由、平等、博爱"的民族精神，才有了这样一个团结的坚强的精神实体。没有这个实体,未必能够产生这样一个勇敢而坚定的左拉;没有这个实体,左拉的单枪匹马的战斗将会因严重受阻而中断。惟其有了这个实体,在社会正义受到威胁的时候,就一定能从中产生一个左拉,或不叫左拉的左拉。

事实上也是如此。在法国作家拉努的传记著作《左拉》中,有叙述说:事情开始时,埋头创作的左拉还处在犹豫不决的状态,他是被"德雷福斯派"的人物推举出来的;尤其重要的是,他是被一群记者、律师、历史学家说服的。周围的一群人物是如此优秀,他们完全因为一个犹太人的冤案而被吸引、凝聚到了一起。难得的是,其中如作家法朗士、报人克列孟梭,都是与左拉不同类型的人物,在有关专业或别的意见上并不一致,甚至相反;然而仅仅凭着"正义感"这东西,他们就走到一起来了。他们把左拉的斗争当成自己的斗争,在斗争中,表现出强烈的"团队精神"。像克列孟梭,他改组《震旦报》,倾全力支持左拉;左拉的檄文《我控诉》的题目,也是经他建议加上去的。他们陪左拉出庭,在左拉离开法国后仍然坚持由他开始的斗争;在正义因左拉蒙罪而使全国沮丧,法兰西的精神财富面临沉沦的危险之时,他们便成了号角和旗帜,引导公民社会上升的头脑和力量。直到左拉死后,正是他们，将左拉未竟的事业进行到底。没有他们的集体斗争，德雷福斯事件的结局很难设想，至少昭雪的时间要因此而大大推迟。

一个国家，一个社会，有没有一个知识分子群体的存在是很不一样的。从苏格拉底到布鲁诺和伽利略，甚至伏尔泰和雨果，他们所以受死，受罪，始终孤立无援，都因为缺乏这样一个集体的缘故。他们被分切为若干个体，只能单独向社会发言，以致在同类中间也得不到回应。

法国当代知名作家雷威认为，在法国，只有从德雷福斯事件开始，知识分子才有了一个相当大的数目；也就是说，此时不是只有一个左拉，而是有了一个"左拉们"。"我们是知识分子！知识分子的党！在这喊声中有种挑战，有种逼人的傲慢……"雷威在一本题为《自由的冒险历程》的书中这样写道："这是一种方式，非常大胆的方式，将一个近乎侮辱性的称号作为一面旗帜来挥舞。"回顾知识分子的历史，他高度评价左拉的行动，以及由克列孟梭起草的《知识分子宣言》，在讨论"知识分子"命名时，他是把知识分子数目的多少作为其中的一个重要部分，也即作为一项标准来看待的。他写道："成百上千的诗人、画家、教授，他们认为放下手中的钢笔或画笔来参与评论国家的事务是他们分内的责任，与此同时他们修正了'知识分子'这个词的含义。甚至于那些反对者们，那些辱骂德雷福斯的人以及那些国家利益的支持者们，也随着时代的激流，不再沉默或赌气，不再掩藏他们的恼怒和信仰，面对挑衅者，不再坚持学院式的静默和泰然处之的传统，他们也使用同样的词语，同样的参与手段，并且也组成了各种各样的同盟和协会。是一种模仿？是一种狂热？可以这样说吧。但也可以这样记录下来：在思想的舞台上，出现了一种新型人物——如同教士、抄写员、诡辩家、博学家标志出其他时代一样，也是新鲜而有特定性的。"这新鲜而有特定性的一群，就是现代知识分子。他的意思是说，真正意义上的知识分子，只有到了现代才有可能出现。

的确，知识分子与现代民主社会是互生的，互动的。倒过来说，没有产生一个像样的知识分子群体，这样的社会只能称作前现代社会；时间的推移并不能为它带来实质性的变化，不过徒增一点新世纪的油彩而已。

别林斯基

平民的信使

> 我现在天天所想的和梦到的就是怎样同现实作斗争。
>
> ——〔俄〕别林斯基

人显然比人民或称平民的概念广延许多。因为在平民之上,尚有权势者,为数极少却可以只手倾覆天下,使世代的人们生活在无法驱除的阴影之中。这是几千年来最可骇异的社会现象之一。在西方,自从佛罗伦萨的晨钟响过,人的幽灵便开始飘离教堂的尖顶,然后慢慢降落巴黎的街垒和密西西比河畔的田园,植入一具具血肉之躯,而成为拥有实际权利的个人。自由不复是一种幻觉,它已经从无比丰饶的人性想象,变做可触摸的实体了。可是,东方是没有个人的。所谓人，就是人群，是处于"利维坦"的利爪之下的互相隔膜又互相牵制的庞然巨族。长久的奴役比战争更可怕，一面培养傲慢，一面培养卑怯，使得自由精神日渐沉沦。譬如俄国，直至19世纪仍蓄养大量农奴，可以想见人权的普遍状况。广大的平民阶级，犹如西伯利亚的冻土层，饱受弥天风雪的肆虐之苦，历时既久而哑然无声。

在专制的政府和愚昧的民众中间，终于生长出了一种敏感而又不安分的人物，叫知识阶级。俄国知识阶级承受了德国形而上作家的精神遗产而特别富于头脑，但是，却又能摆脱抽象事物的缠绊，长于实践性活动。既然他们意识到每个人都是现存制度的一部分，所以决不会满足于自我拯救，而因社会福祉的萦怀作整体的献身。这是一支自觉的军队，他们所加于自身的责任感，对欧洲乃至全世界的知识者良心，无疑构成一场空前强大的、永久性的冲击。

就在这支队伍中，别林斯基，以其平民的本色而成为最令人注目的一员。

他出身寒微，是一个县城医生的儿子，在一片阴惨的鞭影和农奴的哭声中长大，没有完成大学教育。由于执拗的自由的渴望，青春的血液，早已变得灼热而顽野不羁。文坛原本是雅人群集的所在，在他们看来，这个闯入者显然是来历不明的。难怪连普希金和果戈理这般优秀的人也害怕同他建立私交，果戈理甚至公开撒谎，声明说根本不认识这个曾经将其作品的巨大价值揭示于世的人，后来竟连他的名字也不敢提起了。

然而，对于别林斯基，这些算得了什么损害呢！他根本不屑于理会那些把胡髭收拾得整整齐齐的面孔，圣彼得堡的作家们；他藐视人世间的爱宠，抚摩，愚蠢而无聊的礼貌。也许，正因为周围堆满了这些上流社会的垃圾，才激发了他无尽的对抗的敌意和清扫的热忱。普希金和果戈理，如果仅仅拖着一条庸人尾巴，他决不会把手中几近一半的原稿纸留给他们！

一个战斗者，如同宗教徒一样，由于对信仰的忠诚，往往被讥为偏执狂。屠格涅夫称别林斯基及其后的一批平民知识分子为"文坛上的罗伯斯庇尔"；事实上，世人对罗伯斯庇尔的评价，至今依然判若云泥。而别林斯基，确乎宣称过以马拉的方式爱人类，倾心于罗伯斯庇尔。这个拥有活跃的、急躁的、激烈论争的角斗士一般性格的人，随时准备着向所有反对他的信念的人挑战，并且决心征服他们。当他刚刚踏入评坛，就以著名的论文《文学的幻想》使所有志得意满的作家们为之瞠目，因为他的结论是:"我们这里没有文学!"还有比这更为粗暴的说法吗?及至临终前一年,他强制着病苦,给果戈理——伟大的《钦差大臣》和《死魂灵》的作者——写了一封长信,对作家在一部新著中所作的对专制政治和最高权力的赞颂,人格上的卑污、丑恶与屈辱,披沥了神圣的愤怒。它是如此富于颠覆的力量,以致陀思妥耶夫斯基仅仅在一次小组集会上朗诵过,就被判处死刑,及后改作长达十年的苦役和流放。有意思的是,信中恰好还有一笔提及普希金:因为只写了三首忠君的诗,穿上了宫廷侍从的制服,就立刻失去了人们的信任。他在信中写道:"自尊心受到凌辱,还可以忍受,如果问题仅仅在此,我还有默然而息的雅量;可是真理和人的尊严遭受凌辱是不能够忍受的:在宗教的荫庇和鞭笞的保护下,把谎言和不义当作真理和美德来宣扬,是不能够缄默的。"这是平民的声音。他确曾用以爱祖国的希望和光荣,以及把祖国引向自觉、发展与进步的领袖那样的全副热情,来爱过果戈理;因为他从果戈理的小说和剧本中,正如从普希金的诗中一样发现了俄罗斯暗夜的幽微的火光。真理是朴素的。平民的信使如同真理一样朴素。当他以一种来源于朴素的本性的直观,一眼瞥见了其中的庸俗、虚伪、龌龊、奴性的顺从,瞥见了反现实的倾向,就会立刻掉转头来进行刻毒无情的追击，哪怕它们来自自己所热爱过、盛誉过的作家身上！

在论战当中，别林斯基从来未曾怯弱过，可是在真理面前，却柔顺得像一个小孩。属于平民的真理十分简单，无非要扭断现实中的厄运，把颠倒了的世界重新颠倒一次而已。恰恰在最简单的问题上，他却因为过度的深思而陷入迷误。傲慢的黑格尔和冷漠的歌德一时摆布了他，于是追求"绝对理念"，灵魂的"宁静与谐和"；长期以来闪烁在他的论文中的政治元素黯然失色了，他竟像一个蒙眼人一样，走到了同丑恶的现实和解的沼泽的边缘。但是，他很快便挣脱出来，痛感和解的可怕之余，洞见了自己的丑恶。他忏悔了，他诅咒自己，他不惜当众人的面戳身上的脓疮。既然爱体面是上流社会的事情，那么，还要什么假面具呢！

批评就是否定。其实一切否定都需要勇气，需要痛苦备尝。大队的被称作"批评家"者流，或者做作家背上的犀牛鸟，一生靠啄食有限的几个小虫为活；或者做孔雀，卖弄撅屁股的唯美主义；做笼中的鹦鹉，着意重复主人的腔调；或者如家鸡一般，吃多少秕谷生多少蛋，力求平庸；再则如杜鹃，惟借暴力侵占别的雀巢，心安理得地孵化新生代。这些来自心灵和美学之外的飞禽，广有羽翼的族类，可以不断地搬弄经典，吐些连自己也嚼不动的生僻名词，哄抬一些作家，践踏一些作家，煞有介事地叽叽喳喳，仿佛充满激情，然而就是不懂得痛苦。痛苦是深部的生命。在他们的文字当中，根本看不见现实生活的根系，感受不到情感的强劲的和细微的震颤，无法触及事实的悲剧所在，甚至事实本身。如果竟不能像一个普通人那样承担和体味当代的苦辛，还算什么鸟批评家！

因此，说到别林斯基，与其说是批评家，毋宁说是"批评诗人"。批评不仅需要才智、教养、才能，重要的是对生活和艺术的敏锐的诗意感觉，对所从事的批评专业的苦恋情怀。他对理论抱有一种戒心，认为只是包含在一定时间限度之内，不像批评可以不断进击，不断突破，通过"不断运动的美学"所固有的变革性，同整个的民族前进的历史结合起来。

他说过，在俄国，只有讲台和杂志两种活动方式是可能的；而他更偏爱杂志，以为是一种群众性的发言机关。这样，杂志到了他手中，也就变成了一种扩大的批评了。

一生中，他接连办过多种杂志，直到牢牢抓住了《祖国纪事》。当整个文坛为众多的文学侍臣、贵族所把持，如果没有自己的杂志，凭什么来暴露地面的黑暗，传达皮靴下的声音,让已经埋没和行将埋没的富有才具的叛逆者崭露峥嵘的前额?正是《祖国纪事》,成了一个民族的唯一的喉管,一代天才的俄国知识者集合的中心!

这样一个习惯于在斧背下写作而火星迸射的批评诗人,在荆棘地里耕种的编辑,平民意识的传播者,不屈服的战士,遭到不幸的追逮是注定了的。穷困、疾病、政治迫害,还有苦役般的劳作,终于过早地压倒了他,他被内心的烈火过早地焚成了灰烬!

这时,他37岁。

别林斯基确实为文学事业耗尽了短促的生命。那么,文学,使一个人九死而不悔地为之委身的文学到底是什么?同时代人赫尔岑以最简洁的语言定义说:

> 凡是失去政治自由的人民,文学是唯一的论坛,可以从这论坛上向公众诉说自己的愤怒的呐喊和良心的呼声。

1993年5月

涅克拉索夫

《涅克拉索夫诗选》封面

寻找诗人

> 你可以不做诗人,但是必须做一个公民。
>
> ——涅克拉索夫

1

诗人总是同诗联系在一起。

十年前,从乡下来到大都市,正如从吃薯芋改作细粮一样,喜欢阅读的书,眼前也都慢慢变得精致起来。语言是富有魅力的。总之到了后来,我是能够安稳地在自己的幻觉里栖居了。

任何选择,同时是一种背弃。我开始告离从前敬仰过的诗人，这其中就有涅克拉索夫。

在我常去的一家书店里，《涅克拉索夫诗选》整齐地靠在一起，大约五册，书脊上全都蒙着一层薄薄的灰尘。我曾匆匆取阅一回，复匆匆插回架上，此后再也没有翻动过。过了许久，当我偶尔想及它们而一瞥原来的角落，早已踪迹全无，唯见一排气宇轩昂的武侠小说了。记得当时颇有点怅怅，心想：怕不会一齐被送到废纸堆里去吧？

2

一天阅稿，是苏杭先生所译的叶夫图申科的集子。有一篇关于涅克拉索夫的专论，特别提到诗人自以为非的一段故实：在专制的恐怖中，为了保全由自己主编的《现代人》杂志，他曾经为最高统治者沙皇遇刺幸免于难写了诗，以表庆祝之意。仅仅为此，他一直得不到安宁。

他写信给托尔斯泰说："我在极力排遣恶劣的思绪，时而觉得自己是一个大好人，时而觉得是个大坏人……在前一种心境下，我感到轻松——我对我的自尊心所受到的致命屈辱，流血创伤能够看得超脱一些，乐意并且衷心地宽恕别人，对无法获得个人幸福能够想得开；在后一种心境下，我感到痛苦而又痛苦，是不值得同情的，首先既无力站起来，也无力完全倒下时，比什么都难受……"

这时，我不禁想起从前读过的他的一首诗：

> 我从来都不出卖竖琴，
> 但是，当无情的灾祸突然降临，
> 我的手就会在竖琴上弹出
> 不正的声音……
> 为了和人民拥有同一滴血，
> 呵，饶恕我吧，祖国！
> 请饶恕我的罪行！……

人类生存的两难，本来就是以损害一个方面来保存别一个方面的，何况艰难时世。要担任一个杂志的主编，就必须充当君主的奴仆；要坚持自己的信仰，就必须放弃个人的意志；要说出少许的真话，就必须大量地说谎；要表达复仇的快意，就必须忍受自戕的痛苦。命运的选择是没有自由的。为了俄罗斯硕果仅存的文学园地——《现代人》，做一个拟态以求生存，有什么可责难的呢？只是，目的与手段密切相关，倘使手段与目的相悖，目的就不复是预期的目的了。作为社会的喉舌而言不由衷，所谓文学，自然失却了存在的意义。的确，一首诗而已，比起《现代人》众多反叛倾向的作品，可谓微不足道；但是诗人对于异质的东西特别敏感，哪怕半点的虚伪和污垢，都会使心灵深受创伤。

3

诗人的忏悔，重新唤起我多年以前阅读《谁在俄罗斯能过好日子》和他另外一些作品片断的亲切之情。在阴霾的冬日，他的诗是斜照的阳光、面包和炉火，是载我穿越无人的野径的过膝的长靴，今天，对于我个人来说，虽然已经可以从容地踱步在早经布置的恒温的暖室里，而那些粗壮、强韧、热烈灼人的诗句，难道就不再需要了吗？人类的优秀的成员本来不多，众多萎弱的灵魂，全靠了他们的喂养和保护，你为什么竟断然加以拒绝呢？

我顿然发现，在内心里，我怎样地以最纯净的美学玷污了一个曾经慷慨给予我的灵魂的歌者！

扔下译稿，我开始发疯般地在电话和街道里寻找《涅克拉索夫诗选》，当我终于握住了一度视如敝屣的集子时，那心情简直无法言说，是快乐还是悲哀？只记得我对友人说了这样一句话：

"这本书应当属于我。"

世间的文学有两种,一种近于标本,专用于摹仿写作和制作教条,另一种则近似食品或药物,用途是改造生活,强壮心灵。涅氏的诗作明显的属于后一种。

灯下读完《诗选》,心意难平,禁不住把架藏的所有可能涉及诗人的书籍统统翻出来,从多种《俄国文学史》直到《巴纳耶娃回忆录》。他自称是"黑暗王国的歌者",那么深情地歌唱黑暗笼盖下的祖国、故乡、苦难而倔强的俄罗斯妇女。他歌唱被遗忘的村舍、未收割的田地、像麦粒一样沉默的农人,以及他们的孩子们;他歌唱预言者、流放者、囚犯,歌唱活在同一个事业中的朋友和兄弟……他背负十字架一样背负沉重的无弦琴,令它震响,诉说失去自由的痛苦、内心的矛盾、无人倾听的哀伤。为了逃避阴险的处境、检查机关的刁难,他不止一次绕道而走,在权威面前压低洪亮的嗓音。在发表《沉闷呵!没有幸福和自由》的时候,他增写了一个并非多余的副题:"译歌德诗";直到临终之前,才将它在原稿中涂掉,然后注明:"自己的。"

在普遍受难的时代里,诗人的声音,往往不是清越的、悠长的、雄壮的;即便激愤如滔滔江河,也必定有漩流和浅滩的呜咽。正是流贯在诗行中的如此的抑郁与自责，使我加深了对"诗人"的理解，从而深爱了涅克拉索夫。

元旦那天，我把新买的《涅克拉索夫文集》特地找出来，并列在书架的最显眼的位置上。三卷书的封面，全作土地和青草混合的颜色，唯一的图案是套色木刻——玫瑰，美丽而沉着，默默散发着某一种芳香。就那么看着，呼吸着，我便会重复获得同一的提示：诗人必须忍受心灵的磨难；而写诗，当然绝非是分行书写那么简单的事情！

4

在涅克拉索夫的葬礼，当陀思妥耶夫斯基刚刚致完悼词，包括普列汉诺夫在内的大学生们高喊："超过了普希金，超过了！"

叶夫图申科承认，涅克拉索夫在历史方面超过了普希金；但是，他仍然认为，在诗歌方面并没有超过。这无疑是基于专业考虑的一种偏见，因为，诗歌本来应当包括更广大的空间，不只是技艺而已。

实际上，就像涅克拉索夫在《缪斯》诗中表明的那样，从来便有两个缪斯，不同的缪斯；或者直接地说，普希金的缪斯和涅克拉索夫的缪斯。普希金的缪斯是"柔声歌唱的、美丽的缪斯",是"令人迷醉的古代的婢人";涅克拉索夫的缪斯,则是"一个冷漠无情、无人喜爱的缪斯",是"生来只知劳累、受苦和枷锁的穷人们的忧愁的伙伴"。普希金是优秀的,也是优越的。他热烈地歌颂自由,歌颂纪念碑,歌颂西伯利亚的矿坑,涅克拉索夫所曾经歌颂过的许多事物;但是,缺乏涅克拉索夫式的平民的质朴。他一面喂养囚鹰,一面逗弄鹦鹉。比起涅克拉索夫,他为帝王的御座和陵寝献过不知多少倍的颂歌,而且,他的歌唱是主动的,而涅克拉索夫却是如此的痛心疾首。

对于一个诗人,重要的不是歌唱什么,而是如何歌唱。涅克拉索夫天性固执,迂直,近于笨拙,简直不能算是抒情诗人。他的情感,早因深厚的淤积而变得凝滞,流变无由;大段大段的关于生活戏剧的铺陈,明显地偏重历史而非美学。据说,诗人的想象特别的丰富而斑斓,然而,他的蝴蝶谷在哪里?

普希金的诗歌,许许多多诗歌,由来教人飞升;惟涅克拉索夫以创作的广大深沉,逼使意欲逃逸的灵魂返回黑土。或者是五月的鲜花,或者是荒芜的墓地,他歌唱的都是脚下真实的生活。

5

诗人何为？

为大地所生而歌唱着大地的人便是诗人。

诗人首先是人，然后是诗。诗人首先不能在诗行中寻找，而应当在人群中寻找；正如寻找诗不能在盆栽植物中寻找，而应当在乔木、灌木、地丁和刺藜等卑贱的族类中寻找一样。

称为"诗人"，是因为写了诗，但是却不仅仅因为写了诗。

走向大旷野

无论生与死,托尔斯泰都同俄罗斯大旷野有关。

大旷野在索菲大教堂之外,玛丽亚剧院之外,夏宫和冬宫之外,甚至涅瓦大街之外。在大旷野里,再高大的乔木也会因无边的开阔而变得卑微,到处是灌木林,沼泽,无所谓枯荣的丛草。大风雪以最直接的方式施行暴虐,阳光那么稀少;夜色深浓,星子分外苍白而迷茫。猛兽到处存在,更多是温和的动物,它们常常以惊怯的眼睛向四方窥伺。鸟雀在这里筑巢,做飞翔的梦,不时死于同类之吻而血洒平芜。大旷野人迹罕至,唯做成油画进入城市沙龙,编成教科书进入学院,制成各种公文进入宫廷,从而显示不容忽视的浩大的存在。有一个著名的比喻叫朝野,

托尔斯泰

说的就是大旷野,一种与官方相对峙的民间力量。俄罗斯大旷野辽阔、浑厚、丰饶,充荡着一种清纯而辛苦的气息。被称为民粹主义者的人们,竟为这气息所魅,以"到民间去"相号召,汹涌一时。

托尔斯泰秉承了大旷野的血脉。可是,这位拥有数百个农奴的伯爵,在庄园的雪白的栅栏内,却是再也找不到他想念已久的故园了!

俄狄浦斯情结,牢牢地抓住了他。

一天,他对着镜子端详良久,嗫嚅道:"不像。"由于失去了母亲,无法像终年劳作的贫困的兄弟那样生活,便使他一生陷入无间断的追究、忏悔和自责中,挣扎着不得安宁。他曾经这样对一个青年流放者说:"你多么幸福,你为自己的信念而受苦。上帝没有赐给我这种幸福……"这位头号傻子,颠僧,完全把人世间关于幸福与不幸的概念弄颠倒了。

他开始拯救自己。

所谓拯救,其实是自行破坏,即俗人之所谓"自作孽"。他极力放弃属于贵族地主的特权,宁愿接受体力和脑力的双重折磨。他穿农民一样的衣服;吃荞麦粥和喝白菜汤,做素食主义者;戒烟、酒,把烟草当作奢侈品,禁绝多年的打猎习惯。他亲自下地，锯木材和劈木头，用镰刀或者别的工具干活；犁地成了一天中最愉快的享受。大约在他看来，令人憎厌的劳动是一桩善而且美的事情罢？他的哥哥在信中说他"老是尤凡化"，便因为他常常模仿一个名叫尤凡的雇工的动作，包括扶木犁的姿态。——可笑的是，这已经不是青少年时代的故事了。

这些劳动者，品格高尚却出身卑贱。他们像牲口和农具一样同属于主人，反复耕作，收获的仍是饥饿、疾病和灾祸。自由和尊严都是主人的事。公正的法律唯有保障他们领受惩罚，从纳税直到鞭笞、关押和砍头。《那么我们应该做什么？》托尔斯泰给自己，同时也给有身份的人出了一个颇难解答的题目。他说："我用我的整个存在了解了，在莫斯科存在着成千上万那样的穷人，而我和成千上万别的人，却吃牛排和鲟鱼吃得太饱，用布匹和地毯来覆盖我们的马匹和地板，这是一种罪恶——不管世界上一切有学问的人会怎样说它们是必需的——是一种不只是犯一次，还是不停地在犯着的罪恶……"他不能容忍自己所过的生活，犯罪般的可诅咒的生活；虽然有时也寻找过合理的根据开脱自己，然而，只要看见家里或任何别的客厅，任何摆得整齐干净的餐桌，或是配有保养很好的车夫和马匹的马车，乃至商店、剧院、集会场所，就不能不感到愤怒。他的目光总是从个人自由那里滑过，霰弹般覆盖在社会正义等问题上面。对于失去人身自由的农奴，他所关注的也是整整一条横系俄罗斯的锁链——农奴制，而不是哪一个人，哪一个环节。城市与乡村，富人与穷人之间的惊人的差异，强烈地吸引着他的心灵。他认为，他对不幸的人是负有责任的，因为他参与破坏了他们的生活。有一次，一位出身城市的朋友向他解释说，不平等是城市里最自然的现象，他立刻挥动胳膊，搏斗般地叫喊道："一个人不能够那样生活，不能，不能！"

完善自己不是一种室内活动。因此，一个自以为精神残缺的人，才会像殉道者那样，越过重重阻障，走向大旷野。

"按人民的方式生活，"托尔斯泰说。

人民包围着他，近在咫尺，又相隔遥远。没有一条现成的道路通往大旷野，但是他确信，脚下的土地是与大旷野连在一起的。他没有耽于星空的渺冥，而是穷于追索道德律的严整；他知道，道德就像野草和荞麦一样在地面上生长。他忠实于这土地。不管最终是否可以通往梦中的家园，总之，走是不会错的。

他固执地走，甚至不避重复：起草解放农奴的计划，发动救灾，募捐，分发卢布和粮食，为灾民子弟兴建学校，亲自砌砖，还有担任功课……他为农民遭受饥荒而深感痛心，形容说，"就像一个患风湿病的人在雨天之前浑身疼痛一样"。在家信中，便不只一次提到如何解决农民的麦种问题。说不清楚，他是周赈穷人抑或救赎自己，但都一样的虔诚，紧迫而且耐心。

在《圣经》里，麦种是一种象征。生命的意义因它而簸扬。当着托尔斯泰把种子和粮食拿去救助那些需要的人们时，便痛切地感到，必须使人类具备一种永无穷匮的可普及的物质。信仰的道路漆黑一团，而他，连第欧根尼的灯也没有，全凭着自己的摸索才找到了这种物质：爱。世界上所有高深玄奥的东西都具有可疑的性质，唯爱至高无上又简单明彻，一如无价的阳光，可以任人分享。"勿抗恶，"托尔斯泰说。于是，他因拯救自己而及于人类，爱成了宗教。这是新的宗教，但也是最古老的宗教，所以他被称为"基督纪元一世纪的犹太教徒"。不同于后来正统的浩大的宗教者，在这里，爱和劳动是密切相关的，一旦劳动成为教仪，生活奢靡而生性懒惰的上流人物便永远无法进入天国了。表面上看起来，托尔斯泰的宗教具有泛爱性质，其实不然；用他的话来说，这是"从地下拉出来的宗教"，与上等人受用的天上掉下来的宗教是大两样的。这样,教会发布文告称他为"伪善的教师",以反对上帝和神圣的传统为罪名开除他的教藉,就没有什么可骇怪的了。

然而,他点燃的火焰竟不可遏止地蔓延开来。

他的住宅成了大学生,工人,众多希望得到安慰和鼓舞的人们的中心。著名画家列宾为他画的新的肖像,被公众用鲜花装饰起来;在大街上,人们向他欢呼,致敬,大量的信件和电报向他飞来;而他的被禁的著作,也通过手抄或其他不合法的途径不断传递到人们手中……事实上,众多的信徒并不了解他们的"教主"。他根本无意做什么鸟领袖,从来关注的只是内心,并非运动。当"托尔斯泰垦殖队"刚刚组织起来的时候,人们怀着何等的狂热,在俄国,在世界各地拓垦他们的乌托邦,转瞬之间,便都成为陈迹。目睹一出宏伟的戏剧在意想不到的剧情转折中黯淡收场,能不令人沮丧么?

爱是艰难的。世界现存的秩序,使托尔斯泰充满热忱的拯救计划成了最迂腐的说教。幸而他是一个实践家。他热爱人类而非个人,热爱爱本身而非爱的理论。既然人类的命运面临专制、垄断、强暴和各种压迫,所谓爱、同情、拯救,就不可避免地要带上对抗的性质。

走向大旷野 | 89

首先是对抗政府。

权力和制度是横踞在通往大旷野的所有道路之上的巨兽。没有谁可以绕开。

托尔斯泰写了一个著名的小册子《我信仰什么》，公然宣称："信仰否认权力和政府——战争、死刑、掠夺、盗窃——而这一切全都是政府的本质。"他说，他不是一个爱政治的人；但是，无政府主义的结论是致命的，正是藉此，他深深地卷入了政治社会的漩涡。另一个小册子《天国就在你们心中》，即把不抵抗原则用于各级政府，指出凡使用暴力、战争、监狱、刑法，并以强迫人民纳税来抢劫人民的政府，基本上是不道德的；从而进一步主张拒绝加入政府，拒绝服兵役，拒绝纳税，拒绝为政府服务。实践把他推到理论的反面：不抵抗成了抵抗。他写信正告沙皇说：独裁是一种过时的政府形式。由于人民已经随着整个世界走向进步，因此这种形式的政府以及与它相依存的正教，就只能依靠多种暴力，诸如：宣布戒严，放逐，死刑，宗教迫害，对书报的审查，思想犯，对教育的滥用等等各种罪恶和残酷的行为来维持。"高压统治的办法可以压迫人民，但不能治理人民。"这是他的政治信条。他自始至终藐视政府的权威，一再动员道德力量实行全面抵制，哪怕毫无效力，哪怕只有他一个人。实际上,他总是唐吉诃德式地单独行动,如阻止沙皇发动战争,揭露政府对饥荒的否认,抗议军事法庭绞死农民,反对对犹太人的迫害,等等。在迫害犹太人的事件发生以后,他当即发表抗议信,说:"这整个事件的真正罪犯,就是我们的政府……"

显然,反对政府是不明智的。它几乎控制了国家的全部喉舌,盗用民族、人民、爱国主义的名义,简直像用煤油点灯一样方便。托尔斯泰就曾被立宪部的机关刊物指为"恶劣的思想家"而备受攻击。更为危险的是,政府拥有警察、监狱,巨大的口腔和牙齿,可以随时置诚实的公民于死地。托尔斯泰虽然身为伯爵,同样被置于严密的监视之下;因为不安分,故不只一次地遭到官方的警告和死亡的威吓。好在作为基督徒,他坚定地接受了未来的现实——死亡;一个连死亡也不畏惧的人是不可征服的。由于有相当一批人因收藏他的被查禁的著作而受到搜查、审讯、监禁,以及种种迫害,他便给内政部长写了一封措词严厉的信,捍卫思想的尊严。他说:

> 是我写的那些书,是我口头和书面答应传播政府认为有害的那些思想。因此,如果政府要反对这种有害思想的传播,那就应该把目前对那些偶然受到影响

的人所采取的措施用来对付我……

……假如政府允许这些思想不受阻碍地得以传播，这些思想就会缓慢地、从容不迫地传播开来。要是政府像现在所做的那样去迫害掌握这些思想并把这些思想传播给别人的人，那么这些思想的传播在胆怯、软弱、信念未定的人们当中缩小的程度，将和在坚强、刚毅、信念坚定的人们当中扩大的程度一样。所以，不论政府怎样做，传播真理的过程不会停止，不会放慢，也不会加速。

……我现在预先声明，我至死将毫不停顿地进行政府认为是恶而我却看作是在上帝面前应尽的神圣义务的事业。

对操持笔业的文人来说，最可怕的事情莫如同政府对抗，因此御用的帮忙和帮闲文人，代代繁衍不绝；像托尔斯泰这样迂直的汉子是罕有其匹的。其实，他不是不知道他的名望和地位是一种资本，只是不加使用而已。他告诉他的大对手，以放逐、监禁或采用更为严酷的措施来对付他是不会遇到困难的。一直以来，他致力于布道，却不曾自视为精英，情愿留在普通民众中间，唯在社会垂危的时刻挺身而出，独力承担拯救的责任；与政府合作只能使他感到可耻。一般文人则不然,非但不敢正视环境的压迫,反而变出许多逃避责任的戏法来。他们以纯粹的艺术家或理论家自命,立志于超越现实,远离尘嚣,称说艺术就其天性来说是憎恶政治的,因而决不应当去干预社会。许许多多的"先锋"和"后先锋",其实都是借了艺术的法衣,掩饰其内囊里的自私与卑怯。不堪寂寞时,或者竟也会喊一声"抵抗",然而除去权势者及其走狗,抵抗谁呢?

托尔斯泰在后来一段相当长的岁月里,几乎停写了小说,倘使写作,也都是宣传不抵抗或抵抗的小册子。对于一个贡献了《战争与和平》、《安娜·卡列尼娜》这样辉煌的叙事作品的天才作家来说,还有比这更大的浪费吗?难怪屠格涅夫临终前还充满怜惜地写信劝说他:"我的朋友,回到文学活动上来!你的天赋是从万物之主那里来的。……我的朋友——俄罗斯伟大的作家——听从我的请求吧!"他没有听从。写作,只是生存的一种形式而已,文学更在其次。托尔斯泰是重视生存的,宗教问题、道德问题和社会问题,其实都是生存问题。如果写作仅仅为了炫耀辞章,而不能给人生以指引,为什么不可以放弃它?所谓文学,首先是经典的、优雅的文学,恰恰以它足以自矜的美学成份而远离了人生的实质。托尔斯泰吁请提高民间出版物的质量,却把普希金、果戈理、歌德、拉辛等等著名的作家说是"老百姓不要"的"宝贝",包括他自己;就因为他们所提供的东西,在他看来并不是老百姓所需要的食物,而是"餐末的甜食"。

在生活这门宗教中,人民就是上帝。托尔斯泰忏悔道:"我们依仗自己的权利去享用人民的劳动而不承担任何义务,在制作精神食粮时完全忽视了我们的活动所应负的唯一使命。我们甚至不知道劳动人民需要什么,我们甚至忘记了他们的生活方式,他们对事物的看法,他们的语言,甚至忘掉了劳动人民本身;我们忘掉了他们,并且把他们当作某种民族学奇珍或新发现的美洲来加以研究。"他责问自己,同时责问写作的同类:"我们教会了他们什么,现在又教给他们什么呢?他们期待过几年、几十年、几百年……而我们总是在闲谈,互相指教,互相娱悦;而对于他们,我们甚至忘得一干二净!"

写作者关注的只是写作本身。他们宁肯放弃俗世的可珍贵的一切,独独不肯放弃文字;不是因为文字可以点燃篝火,或者做成利器投掷,而是因为它是作为个人不朽的见证而存在的。而托尔斯泰,竟连保留给自己的最后一部分也给抹杀了!

他抵抗自己，一如抵抗政府。

他剥夺自己，抹杀自己，一如视权力为虚无。

他时时惊觉于身份的特殊，根本不像是他的劳动者兄弟。伯爵夫人更不像，甚至敌视他们，因他们而对他充满怨怼。她在日记里写道："他鼓吹的那些为了人民的幸福的东西，把生活搞得这么复杂，使我越来越受不了……"下一代也不像。他的大儿子大学毕业时，曾就未来的职业问题征求他的意见，他当即建议去给一个农民当工人。他要让自己，连同所有人都回到劳动者那里去。当然，这是不可能的。他深刻地意识到这种不可能，可是又不能继续忍受眼前的生活，于是，剩下的唯一可选择的道路，就是：——

出走！

从精神意向上说，出走的说法是不确的，毋宁称作回家。如他所说，大家都是"回家的人"。那是原来的家，真正的家，是安妥灵魂的所在，是大旷野。然而，大旷野太遥远了，他一生不可能赶到，何况已届暮年！结果，他在一个小火车站上倒下了。倒下的瞬间，他仍然呼唤着"农民"，犹如呼唤母亲。悲剧的事实是，他没有母亲。母亲于他只是一个幻觉，一种渴念，一腔近于疯狂的追随前去的激情。

　　身处上流社会而保持民众思维，便不能不产生迷乱。在走向大旷野的途中，寻找的途中，迷路是注定了的。迷失与耽误，对于一个赶路的人来说当是何等的焦虑呵！然而在这个世界上，有谁可以引领他，有谁可以听他在黑暗和荒寒中的惨苦的呼告，除了他自己？

　　更为悲惨的是，就连这自己，也并非完整地属于他，——那是一个分裂的内在世界。他无所依归。他流浪。为了那个返回的情结，一个拥有爵号、庄园、大批著作，使全世界为之倾倒的伟大作家，一夜之间成了彻底无助的孤儿！

1995年12月

在死刑面前

关于生命,好像人们没有不说是宝贵的,其实未必如此。古人便有视同草芥的说法,所以说及英雄的伟业,往往免不了"杀人如草"一类字眼;以牛羊为喻更普遍,随意买卖和宰杀,实在很确当的,"牺牲"一词一直沿用至今,词源盖出于此。惟有一种行当可以升提生命的价值,它就是死刑。

死刑乃通过消灭生命来彰显生命,——大概这也算得是辩证法的一例吧?假如生命没有一定的"含金量",何劳古今酋长动用那么多人力,建造那么多的绞刑架和断头台?就说巴黎著名的刽子手桑松,除了无偿居住国家提供的中央市场带阳台的房子,享受多种权力与特权之外,仅年薪就高达6.5万利弗尔!

托尔斯泰与高尔基合影

柯罗连科

从远古的时候起,死刑就是"神圣之刑"。不幸的是,生命即使神圣到万分,刹那间也归于黯淡的结束;只有死刑的神圣永存。合法杀人是无可指责的。所以无论哲人苏格拉底或是政治家罗伯斯庇尔,临终时,都没有一个同胞肯站出来为他们辩护。意大利法学家奥卡里亚说,死刑是一场国家对一个公民的战争。就是说,只要国家认为消灭这个公民是必要的和有益的,那么,他将肯定活不下去。

然而,即使这场战争势力殊异,成败已定,以世界之大,终究有人为死刑犯——毫无希望的人——说话,至少在俄罗斯。

托尔斯泰一生写过不少宏伟的作品,如《战争与和平》之类,那是经过理性和美学的严密的安排的。作为心灵同世界的直接对话,还写了大量简直无法分类的短文,其中就有《我不能沉默》。质疑,控告,驳诘,不平则鸣。这是在文体和技艺之外独立生长的一种风格。阅读是一场劫难,它突然而至,使你对人类命运无法作壁上观;纵使终于从字缝中逃逸出来,却从此留下了永久难忘的惊悸。

1908年5月10日,托尔斯泰从报上获悉20个农民因抢劫地主庄园被判绞刑的消息，立即著文抗议。农民是世上最平凡最卑贱的人，何况抢劫犯，更何况区区20个，实在大可不必愤愤的，更不消说为之申辩了。

然而，他说，他不能沉默。

人类之爱，同情心，人道主义，在这里成了不可抗拒的精神力量。它使一个地主伯爵老爷背弃了传统的立场，使一个主张"勿抗恶"的宗教家动摇了终生的信仰，使一个安详的和平主义者变做了一个躁动难耐的复仇主义者。

托尔斯泰不承认死刑犯有罪，他辩护说，他们只是一群"不幸的、被欺骗的人"。到底谁是真正的罪犯？恰恰相反，正是那些使用了一切力量败坏他们，毒害他们的灵魂的人。他指出，劫夺别人的财产是令人气愤的，但是最使人不堪忍受的，是劫夺别人的灵魂，迫使别人伤害自己的尊严，破坏别人的精神幸福。而有能力干这种事情的人还有谁呢？除了整个的专制制度，除了支撑这个制度的各种与"正义"和"神圣"分不开的机构：枢密院、宗教院、杜马、教会、沙皇，除了威严的统治者。法官和刽子手算什么？不过小小的工具而已。

他极力抨击政府以"建立安宁和秩序"为借口实行屠杀的野蛮行径，无情地揭露被称之为法律的愚蠢和虚伪，说："你们别说你们做的那种事是为人民做的。这是谎言。你们所做的一切肮脏的事，你们都是为自己做的，是为了维护你们的既得利益，为了实现不可告人的私人目的，为了自己能在那种你们所生存并认为是一种幸福的腐化堕落之中再生活一些日子。"他警告说："你们现在所做的一切，连同你们的搜查、侦查、流放、监狱、苦役、绞架，——所有这一切不仅不能把人民引诱到你们意想达到的状态，而是相反，会增添愤怒，消除任何安定的可能。"

总之，他认为，所有这些无家可归，满腔忿恨，堕落败坏的人，从官员到死刑犯，都是政府一手制造的；今天所谓"安定"的局面，都是政府施行恐怖统治的结果。正因为政府成了他控告的对象，所以，他不能不意识到履行一个作家的职责的全部风险。但是，他决心为自己的行为负责，哪怕以生命作代价。

他说："我写下这篇东西，我将全力以赴把我写下的东西在国内外广泛散布，以便二者取其一：或者结束这些非人的事件，或毁掉我同这些事件的联系，以便达到或者把我关进监狱，或者最好是像对待那20个或12个农民似的，也给我穿上尸衣！……"

政府逮捕了刊载这篇文章的报纸发行人，以至连一些读者也都遭到监禁，可见作家的抗辩不是没有一点力量的。可是，对于托尔斯泰本人，政府相当宽容，好像没有特别降罪的表示。大约这同地位生了些干系，名与无名，政府从来是区别对待的。

十月革命犹如一场大雪，一夜之间，便覆没了整个的沙皇制度。然而，纯净的空地也有血迹和尸体。随着积雪的消融，旧日的污秽再度暴露出来。而且使新鲜一并变得陈腐。这一片血与那一片血，这一具尸骸与那一具尸骸，它们的区别何在？难道仅仅因为时间的冲荡而使颜色与形貌发生了变异吗？如果生命是至高无上的话，此刻，是否仍然有抗辩的必要？

托尔斯泰死了。

真正伟大的人物，不会在诞生他的地方永远消失。既然这里的土地培育了他的良知和勇气，那么属于他的精神，必将以散在的形式存寄于原来的世界，适时再度凝聚为声音。这是新的声音，但也是昨日的响应。总之，沉默是不可能的；除非民族历史上从来未曾出现过这样的人物，也就是说，未曾形成一定的文化血统；不然，就是气候发生了根本的变化，不复如从前的恶劣。

在托尔斯泰身后，有一个人叫柯罗连科。从青年时代起,他已为托尔斯泰的博大、睿智、深沉的激情所吸引,曾经比喻为遥远、灿烂的星座;虽然后来为革命思想所激荡而参加各种活动,并因此不断遭到监禁和流放,可是在心灵深处,依然保存着最初的那一束星芒。

人道主义成了最高的道德律。革命,在俄国知识分子看来,它固然是改造整个专制俄罗斯的伟大的社会运动,但是对于个人苦难,也都同时具有拯救的意义。革命必须符合普遍的道德准则,也即人道的原则。如果在个人危难面前无动于衷,甚至无端地制造流血和死亡,所谓革命,无论打着怎样好看的旗子,其性质都是可疑的。

在沙皇时期,作为一个作家,柯罗连科写过许多关于死刑的作品,多次打破审查制度所容许的范围,讨论死刑的权力;而实际上,他也亲自解救过一些被军事法庭判处死刑的人。到了十月革命胜利后的几年,他目睹了行政机构以"反革命分子的捣乱"为由而进行的持续的杀人行为,却深感无能为力,因为这些行为不但是超越道德的,而且是超越法律的。

柯罗连科在托尔斯泰的泛道德主义立场上后退了一步,但是,他一样表现了不容亵渎的人的尊严。他指出,世界上没有一个国家的侦查委员会的作用是同作出判决的权力,尤其是作出死亡判决的权力联在一起的。在任何一个地方,侦查委员会的行动都要经过法院的核查,而且这核查必须置于辩护系统的参预之下。即使在沙皇时代,情况也是这样。他自述说,在法国,他曾经仔细观察过中世纪遗留下来的野蛮的杀人行为,但是他看到,在大战期间,枪杀人质的事情也不曾发生过。因此,对于国家的侦查委员会的武装镇压,以及契卡所作的结论,他愤怒地宣称:"这是苏维埃政权的真正的耻辱。"

如果说在什么问题上公开性比任何东西都重要的话,那就是人的生命问题。在这种问题上,每一个措施都应当公诸于众。所有的人都有权知道,谁被剥夺了生命(如果这已被认定是必须的话)?为什么?根据谁的判决?这是对政权的起码要求。

对权力者来说,政权就是目的。一切革命手段,无非为了夺取政权和维护政权,怎么可能要求庞大的政权对渺小的个人作出这样那样的许诺与回应呢?然而,柯罗连科引用卡莱尔的话说:"政府常常死于谎言。"他质问道,"在你们的制度中一切都是真理吗?在你们已经向人们灌输的那些东西中就没有这种谎言的痕迹吗?……"镇压"反革命分子",集体枪杀人,居然说是有利于'人民的幸福",有利于"社会主义"！而且还要辩解说,"革命是有自己的规律的"！即使在19世纪发生过革命群众的屠杀,甚至如巴黎公社社员枪杀人质那样,也是自发的行为,而不是系统化了的疯狂发泄。在柯罗连科看来,这段历史,已然构成了一座"血腥的灯塔",给社会主义运动本身留下了可怕的阴影！

柯罗连科呼吁道："让兽性和盲目的非正义完全留在过去,留在已死亡的东西一边,而不要渗透到未来之中……"最令人痛苦的,是谁也不向人类的未来负责,包括知识精英。像卢那察尔斯基这样的人物。身为知识分子官员,应当是最理智的了,然而,也没有及时发出警告,不去讲公正,不去讲对人的生命的爱惜态度,却在自己的讲话中,表示同行政机构的枪杀行为合作。真正的知识分子,是独立于政权之外的力量,他们不应当屈从于权力意志,屈从于胜利者所写的历史。作为世界痛苦的见证人,他们应当无保留地暴露一切罪恶,不论它们来自何方；作为历史责任的担当者,他们应当预言恐怖,唤起人们普遍的不安,以期免于在酣睡中沦亡。要做到这一切,对于知识分子来说是艰难的。因为他们只是一个松散的集团,从来便是单个人地处在黑暗的包围之中,所以,在履行使命时,他们必须先行战胜自己身上的黑暗。在所有的知识分子面对疯狂的枪杀而默不作声的时候，柯罗连科意识到，他必须带头讲话。结果，他以绝望的勇气讲了：

> 只要我的微弱的嗓音还能讲话，只要我还有一口气，我就要不停地抗议不经法庭审判的枪决和杀害儿童的行为！

当然，这些话不是如托尔斯泰一样公开发表的，而是以通信的形式，诉诸于政府的高级官员。收信人正是教育人民委员卢那察尔斯基。从1920年6月19日开始，信陆续写就陆续发出，一共6封；卢那察尔斯基的答复则是：沉默。沉默，再沉默！……

历史的沉默更长久。1922年，这些信件曾经以单行本的形式在巴黎出版；可是在国内，直到1988年，也即苏联行将解体的时候才公开发表。其间，经过了将近70个年头！

无论控诉和警告，都是封套内的声音。

几乎与柯罗连科写信的同时，还有一个高尔基，撰写了系列政治文化评论，其中有相当篇幅关涉死刑，发表在他主办的《新文化报》上。对此，列宁是反对的，最先忠告他"走出彼得堡"，随后动员他出国。在别什科娃那里，列宁开玩笑似地对他说："如果你不走，那就驱逐出去！"后来，他果然去了意大利。但是，无论出国还是留在国内，他是从此再也写不出这种抗辩风格的文字了。

无独有偶。高尔基的评论一经发表，即被禁止传播，等到这些"不合时宜的思想"重新面世时，又已是80年代末梢了。其被禁锢的时间，正好与柯罗连科的信件一样漫长。

人们的命运各种各样，思想的命运则大体相同。自古迄今，知识分子由来作为失败者活动于历史舞台；即使胜利，也只是属于道义方面的，而与本人无关，问题是，知识分子总是不甘失败，始终坚持着手头的批判性工作，恰如传说中推石头上山的西西弗斯。

面对动辄要人性命的"官刑"与"私刑"，野蛮的肉体报复的思想，动物性无政府状态，高尔基十分愤慨。由于他把这些都归结为政治对文化的入侵，以及文化自身的薄弱；因此，要消除人民身上的兽性与奴性，他认为，必须"经过文化的慢火的锻烧"！但是作为一个引火人，当他发现工人在大街上逐杀逃犯，发现市民在讨论用什么样的死法惩办小偷，发现士兵几十名几十名地集中枪杀

"资产阶级分子"，发现大学生们因举行告别聚会，被当作阴谋活动而遭到杀害……当他发现人的生命在人们观念中变得如此低贱时，态度十分峻急；就个人而言，他不会容许"锻烧"有片刻的延缓。

他把火把举到领袖的面前，说："逐一杀害不同思想的人，这是历届俄国政府国内政策中已经验证过的老法子。从伊凡雷帝到尼古拉二世，我们所有的政治领袖都自由而广泛地运用这种同叛逆作斗争的简便的手段，列宁又为什么要放弃呢？他不但没有放弃，并且公开声明，他会不择手段地将敌人消灭干净……"他指出，正是这一类声明，使人们陷于一场残酷而持久的斗争，整个俄国将因此而蒙受危险！

他谴责"用暴力和凶杀培养起来"的红海军的水兵，把他们的宣称肉体报复的声明比喻为"肆无忌惮，却又极为胆小的野兽的咆哮"。他告诉他们："你们摧毁了君主制度的外部形式，却未曾消灭它的灵魂，致使这灵魂活在你们的心中，迫使你们失去了人的形象……"在这里，他说，他看到了君主制度的血腥专制精神的存在和胜利。"应该努力做人，"他告诫说，"这很难，但必须这样。"

作为政治问题的症结所在，高尔基认为，主要是苏维埃政权"对群众的恐惧与谄媚"。对于新生政权,他指责说,其实这是"在旧的基础上,即在专横和暴力之上建立新的国家制度",它把自己的精力可悲地耗费在煽动恶意、仇恨和幸灾乐祸的情绪上面了。制度笼盖一切。只要在政治上把良心、正义、对人的尊敬与爱护等等,厚颜无耻地说成是"感伤主义",一种健康的文化就无法生长。他肯定:人类失去了这一切是无法生活的。

此间的系列评论,几乎都在重复着同一个主题:"在这些普遍兽性化的日子里,让大家变得更人道一些吧!"

在政治家看来,这不过是知识分子的梦呓而已。所有关于人道主义的呼吁,既不能阻遏政治家的嗜血欲望,自然也不能阻遏群众性的嗜血行为。当时,高尔基来不及把话说完,就到国外去了;而事实上,为他所指陈的杀人现象,不但未见稍减,反而变得越发疯狂起来。直到斯大林导演的肃反运动正式上演,鲜血就像洪水一样,不出几年就淹没了整个红色苏联。

高尔基在发表那篇指责水兵的短评以后,曾经收到几封恐吓信。他没有在阴谋和恫吓面前退却,再度著文宣称:"这是愚蠢的,因为用威胁迫使我缄默是不可能的……"可是,到了后来,他缄默了。

在血腥的30年代，枪声大作，而舆论界格外平静。

高尔基是一个过渡型人物。他是用资产阶级文化的奶汁喂养长大的强壮的流浪汉；因此，与其说是无产阶级文学的奠基人，毋宁说是有教养有文化的资产阶级最后一名代表。

无产阶级，以及诸如"无产阶级文化派"一类知识分子，一开始就从外部被灌输了一种斗争哲学。长期以来，斗争被赋予了无所不在无所不能的神明性质，它唤起人类的攻击本能而强行压抑爱欲，把攻击性当成人性的全部而加以阐扬，传布和膜拜。实际上，斗争是有条件的，有保留的，斗争是不得已的一种手段，有时候甚至显得十分迫切；但是，既然是人类的斗争，而不是动物的搏噬，它就必须建立在人道主义的基础之上。人道主义不是哪一位形而上学家臆想出来的抽象的原则，它是人类文明的产物，具有一定的实质性的历史内容。在反对封建专制主义的斗争中，资产阶级的双手也沾满了鲜血，但是他们学会了怎样清洗自己。自由，平等，博爱，人权，民主，自治……一系列的口号和观念，都是他们在清洗的过程中第一次提出来的。无产阶级还没有学会清洗。清洗是需要文化的，需要知识和经验，而这些又恰恰来自它的敌人——资产阶级。如果拒绝这一切，所有的人们，包括斗争者自己，都将最终成为斗争的牺牲品。

高尔基就是著名的牺牲品之一。当斗争已经形成普遍无知的野蛮的杀戮，良心的发现，只能加速他的死亡。据悉，高尔基是被毒死的，——一种暗暗的死。这样，比较起来，经过审判或不经审判的死刑毕竟要显得庄严许多。自从这只海燕也像众多的无辜者一样溺于血海，在俄国，人道主义的正义的火焰便慢慢衰微下去了。

所幸还有火光。虽然火焰不再如初燃时的迅猛，热烈，亮丽，但是，它仍然能让人感觉着世界的光明和温暖；就像置身于冬日的原野，目送远方最后一缕抚慰般的淡淡的余晖……

1996年9月

葛兰西

囚 鹰

> 在精神刚强的勇士们的歌曲里,你将是生动的模范,是追求自由、光明的号召!"
>
> ——高尔基:《鹰之歌》

鹰是可骄傲的。它栖止于地面,又高出地面,在土拨鼠梦想不到的地方自由地飞翔,任何洞穴都不可能限制它的意志。深邃的眼睛,铁样的硬喙,矫健的双翼,都一样慑人心魄;远远地,只要瞥见了它的影子,就会立刻让你感到勇敢和坚定。由于鹰,我不只一次地窃笑那些讽刺艺术家,他们可以把神圣的上帝漫画化,却无法绘制出一匹懦弱的鹰,猥琐的鹰。

然而，如果一旦停止了飞翔，鹰还是鹰么？

普希金有一首诗，写的就是在束缚中长成的鹰。精神是禁锢不住的。即使翅膀失却了原来的意义，而心灵仍然向往于飞翔，谁能说它不是鹰呢？

夜读《葛兰西传》，我所面对的，无疑是一匹囚鹰。这位意大利共产党的创建人，一生忠诚于他的主义的信仰，却不安于教条式的啄饮。他不断向前探索和拓展着人类解放的道路。只要前进着就不可能没有失误，但是对于他，我们同样用得上列宁称赞卢森堡的那句话："鹰有时比鸡还飞得低，但鸡永远不能飞得象鹰那样高。"

葛兰西，在这个世界上只活了46个年头，最后四分之一的岁月是在岩石和水泥镶嵌的天空底下度过的。其实，我们又何须回顾他那英勇搏击的前半生？对一个人来说，如果死可以更好地显示生的意义，那么禁锢和限制则更能体现内在的活力。本来，葛兰西是可以免受囹圄之苦的。只要他愿意接受同志们的建议，完全可以到国外去。可是，谁叫意大利的母亲哭泣呢？

由于世界性的声援，墨索里尼独裁政府不敢立即杀害葛兰西，只好使用慢慢折磨的办法使他致死。他们的方针是："我们要让这个头脑20年不能工作。"

而葛兰西，早就下定决心以强硬的意志，去折磨法西斯的铁窗和镣铐了。他写道："说到底，在某种程度上是我自己要求被关押和判刑的，因为我从来不想改变我的观点。我已准备为我的观点贡献生命，而不仅仅是坐牢。因此我只能感到平静，并对自己感到满意。"

斗争以独特的方式重新开始了。

几乎从入狱的时候起，葛兰西就极力争取一种"特权"。但是，他所需要的不是优厚的薪金、别墅、小轿车，或随意支配别人的权利。在这儿，面包、水和空气都成了有限度的给予。他是名副其实的无产者。他需要享有的唯一特权就是"写作自由"：有写作所需要的纸张和书籍。这个知识分子出身的革命家从来未曾轻视过文化知识，相反认为，"任何革命都要以紧张的文化渗透和批判工作为前奏。"他把政治犯组织成一个"文化学校"，自己既当教员，又当学生。晚上，当大家用扑克打发多余的时光时，他却继续读书和写作，不息地开发足以使他的内心生活完全倾注于其中的庞大的思想计划。

每天，他都如此工作达几个小时，写作时从来不坐下，但没有西方一些站着写作，即所谓"自动写作"的作家那般的悠闲自若。每当来回踱步间完美了一个思想，他就走到桌旁，站着写到纸片上。由于没有足够的文件和书籍，由于记忆、想象和逻辑推进成了文字的重要来源，由于随时可能的刑讯、迁徙和死神的临降，他只能以备忘录的形式把思考的结果记录下来。思考，工作！思考，工作！这就是他生活的全部！

他在极端恶劣的环境中把握自己，为了一个崇高的目标，始终以饱满的热情和坚定的意志，进行着他的自觉的活动。阴暗而潮湿的单人囚室，丝毫也不可能使他绝望，或陷于任何其他悲剧式的境地。他简直不需要外部力量的支持就能一样顽强地活下去。他牢牢地抓住现实又超越了现实。他是伟大的。不可思议的是，如此健旺的生命力，却是寄存在一具矮小而孱弱的躯体里；这躯体从小就有生理缺陷，胸部畸形。我们常常喜欢谈论男子汉，谈论男子汉所应具有的标准身高，以及其他构成所谓风度的条件。而所有这些，葛兰西都几乎并不具备。十多种疾病包围他，袭击他，蚕食他：致命的肺病和肝炎、尿毒性的皮肤崩裂症、动脉硬化、偏头痛、牙周炎……由于同疾病苦斗，有时候，他每个晚上只能睡两个多小时，有时甚至只有3刻多钟！当然，他不可能配备私人医生，或者进高级疗养院。牢狱里的医生都是可恨的狼和狐狸。然而，他越是发现身体的虚弱，就越是紧张地集中他的意志和力量投入庄严的工作！

折磨并非完全来自刑罚和疾病。对葛兰西来说，最难忍受的恐怕莫过于同志的误解和亲人的隔阂了。有难友甚至说他不再是共产党人，而是机会主义分子，因而主张把他摒弃在集体和放风的院子之外。至于亲人，尤其是妻子，来信的情况很不正常，这不能不使他的心里充满忧伤。他写道："我没有预料到的是在这种监狱之外又增加了另一种监狱，即我不仅被隔绝在社会生活之外，而且还被隔绝在家庭生活之外。我可以预料我与之战争的敌人可能给我的打击，但我却不能预料来自我不可能怀疑的其他方面的打击。"

一天他那深邃有力的眼睛终于阖上了。由于脑溢血，他的双手，那被链子束缚的翅膀，再也无法作奋力的挣扎。他是永远永远失去日夜向往的天空了……

作为一个领袖人物的葬礼，根本说不上隆重，简直是凄清。那天，暴雨如绳，送葬的只有两个亲人而已。

身后，他给世间留下两部著作：《狱中书简》和《狱中札记》。后者总计32册，2848页，合打字纸4千页。它所系统涉及的范畴有：政治学、哲学、历史学、民族学、比较语言学、文学等等。其中对于个别科学的研究相当详尽，在最微末的细节间，也无不闪烁着深刻的思想的光辉。一个人的头脑覆盖了大半个宇宙！一个人的双手完成了一个集体的工作！葛兰西，他的人格和思想，依然活在国际共运和人类的一切进步活动之中；他的遗产，成了人类精神文化的最可珍贵的财富之一。

记得狄德罗有一句很著名的话，他说：一个需要英雄的民族是可悲的民族。我想，一个民族可以没有如狄德罗所指的那类"英雄"，但是英雄主义精神是绝对不可缺少的。作为第一代共产党人，葛兰西真可崇敬，就象斯巴达克思这样有史以来的最优秀的人物一样，他们都具备着一种英雄主义的精神和气质，鹰一样的精神和气质。没有这种精神气质的载举，历史的车轮便不能推动，人类只能永远在愚昧和黑暗中徘徊……

鹰的名字是同飞翔联系在一起的。不同于檐下的麻雀，不用谋求安全的庇护，它的胸怀只有无遮的大旷野可以衬托；没有鸠鸟的占有欲，创造才是它的渴望，因此栖止的地方就不仅仅是悬崖边的一块平整的石场。它不懂退避，不懂安歇，它的哲学只能是勇敢的进取。在乌云翻滚的时刻，即使所有的鸟雀都已归巢，天空仍然鸣响着它的双翼：翼下是风暴，翼上是晴空。

而晴空，永远是我们所期待的。

卢森堡

向晚的玫瑰云

多少少年心事,都被纷纭的世事湮没无痕。但有一个夜晚是记得清楚的:我伏在床沿的木箱子上,凝望户外的一方水井般深邃的星空,没有丝毫睡意。那是何等热情善感的年龄呵,我竟被书中的一个意象深深感动了——

  在一色灰蒙蒙的天空中,东方涌现出一块巨大的、美丽得人间少有的玫瑰色的云彩,它摆脱一切,独自浮现在天际,看起来像是一个微笑,像是来自陌生的远方的一个问候……

看脚注,这段文字出于卢森堡的《狱中书简》。可是,翻遍了图书馆的卡片,哪里找得到原著呵?乡村中学的图书馆就像夏天的地窖一般匮乏。卢森堡的名字是知道的，历史教科书里说她是德国共产党的著名领袖，李卜克内西的同志和战友，最后英勇牺牲于敌人的屠刀之下。仅此而已。在社会起了动乱，红海洋喧嚣过一阵以后，我曾买到一本关于卢森堡的小册子。虽然那里面介绍的都是清一色的血与火的故事，而在内心深处，究竟唤起了对女主人公的敬仰。她有信仰，这信仰不是属于一个人而是千千万万的人的，不是那种"做戏的虚无党"。后来，我把它送给了念小学的女儿，那本意，自然是冀望她能从中薰沐英雄的女性之光。

20年后，在广州的一家古旧书店里，我终于以两根冰棍的价钱买到了《狱中书简》，一本70来页的薄薄的小书。读完这本小书，我才发现：没有了玫瑰云，卢森堡是不完整的。

书简共22封，收信人都是李卜克内西夫人一个人，但它所通往的世界却是异常宽广。这是与人类社会相对应的又一个色彩纷呈的世界：黄醋栗树，黑桦树，白杨树，樱桃树，紫罗兰，蒲公英，蝴蝶梅，土蜂，青雀，金翅雀，鸫鸟，夜莺……揭开扉页，便恍如置身于大旷野中。每一片叶子，每一支羽翎，不是跳跃着耀眼的阳光，就是饱含着脉脉的星芒。所有生命，都被赋予了蓬勃的春天的气息。春天是人生惟一不会厌倦的东西。

卢森堡,她是那般地热爱生命,严格点说,是热爱卑微的生命。她乐于观察和倾听动植物的生态和声音,甚至石头,甚至沙子。每次听到青山雀的顽童嬉笑般地啼声,她总忍不住发笑,并且模仿那声音来回答它。当半死的孔雀蝶再也不能翔舞,她对它大声说话,饲以盛放的鲜花;在信中,她详尽地谈说候鸟集体南徙的情况,如同报道重大的国际新闻;甚至如同听一首悦耳的短歌一般,聆听狱卒走过潮湿的沙砾地所发出的低微的声响。她那么恳切地请求朋友,为她到植物园去一趟,然后把看到的景象告诉她。她说,这是她的一桩心事,是除了坎布莱战役的结果以外的地球上最重要的事情。她的心,同生物自然界那么息息相关。她说过,她懂得鸟兽鸣叫中各种最细微的差别,常常从鸟鸣中了解它所包涵的鸟儿的全部简短的历史,乃致百鸟喧鸣之后的普遍的沉默也能深刻地领会。听到一声情意绵绵的鸟叫,她会深受感动,如同接受朋友的甜蜜的慰安;而当一连几天听不到鸟声,就又会感到莫名的惊悸……、

维持人类生态环境的平衡,是当代重大的社会问题之一。那时,卢森堡在一个与世隔绝的环境中,竟也从小动物的身上找到了与人类命运相关联的同一主题。她读到论

及德国鸣禽因科技的发达而渐次被消灭的信息时,感到悲痛无比,因为她由此想到了北美洲红色人种一步一步被有文化的人从本土排挤出去而悲惨地默默沦亡的事实。信里有好几处写及她营救小动物的经过。有一次,她看到驾车的水牛被鞭打的情景,不禁流下了眼泪。"卸货的时候,这些动物一动不动地站在那里,已经筋疲力尽了,其中那只淌血的,茫然朝前望着,它乌黑的嘴脸和柔顺的黑眼睛里流露出的一副神情就好像是一个眼泪汪汪的孩子一样……"她写道,"我站在它前面,那牲口望着我,我的眼泪不觉簌簌地落下来——这也是它的眼泪呵,就是一个人为他最亲爱的兄弟而悲痛,也不会比我无能为力地目睹这种默默的受难更为痛心了。那罗马尼亚的广阔肥美的绿色草原已经失落在远方,再也回不去了……"如果说,卢森堡在书中也曾表现过一个人的悲哀的话,那么,最大的悲哀莫过于连自己也处于可怜的受难者的地位:完全失掉了反抗的自由。

《狱中书简》是一首人道主义的赞美诗。每一页都是那么温暖,柔和,芳渥,如同母性的手掌,女儿的心。如果拒绝人性,没有爱与同情,是根本不可能成为一个革命者的。自然,仅止于同情,只是古典人道主义者的品格。卢森堡是现代革命的前驱者,她知道爱的代价。同情,既然基于强权者和弱小者二元对立这样一个社会现实之上,那么它就必须化为对抗强暴和邪恶的力量。正因为如此,温柔、文静的女性卢森堡,才被称作"嗜血的罗莎"。在她这里,铁腕和拳头的使用是不得已的。然而,一些号称最最"革命"的人物,却把手段当成了目的,于是他们的哲学只剩下一道公式:为斗争而斗争。作为《狱中书简》的东方读者,由于目睹和亲历过大大小小的运动,或不叫运动的运动,尝试过一点"残酷斗争,无情打击"的况味,所以我能够理解作者如下的一段话,理解她何以在每一个黄昏,都那么急切地寻找黑牢以外的那一片玫瑰云。

> 我有时候有这种感觉,我不是一个真正的人,而是一只什么鸟、什么兽,只不过赋有人的形状罢了;当我置身于像此地的这样一个花园里,或者在田野里与土蜂、蓬草为伍,我内心倒感觉比在党代表大会上更自在些。对你我可以把这些话都说出来:你不会认为这是对社会主义的背叛吧。你知道,我仍然希望将来能死在战斗岗位上,在巷战中或者监狱里死去。可是,在心灵深处,我对我的山雀要比对那些"同志们"更亲近些。

卢森堡，不就是一片向晚的玫瑰云么？

云可以撞击而迸电火，可以敛聚而降霖雨。水与火都生于云。云，是终极状态也是原初状态。向晚，倘有一片云，那是何等地发人遐思，何况作玫瑰色！当四周灰濛濛，白天已经远去，一切都无望地陷于黑暗的包围之中，惟这时候它才燃烧！它红着，热烈地红着，温柔地红着。它迅即消逝的存在，根本无法接续眼前的黑夜和另一个白天，但是，它坚持红着，甚至红到最后也不期待发现！……

如果说，解放全人类体现着一种广义的人道主义，那么，卢森堡的整个革命思想是与人道主义密不可分的。她在牺牲前所著的另一个关于俄国革命的小册子，有过这样一段论述："问题在于列宁和托洛茨基找到的药方，也即取消民主的药方，比他们要医治的疾病还要糟糕，因为它在事实上堵死了可用以纠正社会制度中先天性弱点的生命之泉，即有最广大群众参加的生动活泼、自由热情的政治生活……当他们企图强作欢颜，企图在理论上巩固那种在很不幸的条件下迫使他们采取的策略，把它作为值得仿效的社会主义策略模式向国际无产阶级推荐时起就开始出现危险了。"她对列宁和列宁的事业的估计，在我们看来，不能不说是错误的。然而，在这错误背后，却潜藏着十分深厚的革命人道主义的内容。由此，我不禁想，世间的错误应当分为两种：一种是"可怕的错误"，一种是"美丽的错误"。卢森堡的错误自然是后一种。

红色，为什么一定意味着血与火呢？它也是玫瑰的颜色。红色本是丰富的。有血，有火，就应当有玫瑰云。

我读《狱中书简》，就读的这一片玫瑰云。每次读云，它都不曾褪减最初的颜色，且愈来愈显示出璀璨的光辉。此刻，我知道一个令我追念的意象，何以几十年后仍然使我一次又一次地感动无已了！向晚的玫瑰云，最后的云，它孤独，然而超绝。像是一个微笑也像是一个问候，既是一种哲理也是一种情思，它使人生最美好的意义得以象征性的呈现，由是永远令人神往……

"仅仅这样一朵玫瑰色的云彩就能够使我心旷神怡，就能够弥补一切的损失。"书中，卢森堡这么说。

白云苍狗。当许许多多事在眼前幻变着经过，我心里也不禁说道："是的，有一朵玫瑰云也就够了！"

1989年元旦，于鸽堡

爱因斯坦

孤独的旅客

"在像我们这个令人焦虑和动荡不定的时代,难以在人性中和人类事务的进程中找到乐趣,在这个时候来想念起像开普勒那样高尚而淳朴的人物,就特别感到欣慰。"

我理解爱因斯坦。

两次世界大战从同一个枪口洞穿了这个德国人的一生。德国,这个盛产哲学头脑的民族,在一个夜里,竟然变成了一头疯狂的野兽!最可怕的,还不在于千千万万人们对于权力者的意志的屈从,而是把一种兽道主义内化为每个人心中的道德律——于是放火,杀戮,欣欣然仿佛干着世界上唯一正义的事业。他们收拾起同类,就像收拾街头的垃圾一样,自然而便当!

整个祖国背叛了爱因斯坦。

幸好,他有另一个祖国。

他是把周围的知识分子集团当成自己的祖国的。这时,"精英"们如何呢?然而更糟!知识,非但没有为他们保持一点应有的操守,反而成了可供彻底叛卖的资本!在一个为军国主义者的暴行辩护的被称作《文明世界的宣言》上面,便有93个著名的科学家、艺术家和牧师,以属于他们的手,签署了他们尊贵的姓名!93个!93个赤裸裸地站出来向人类的良心挑战!而另一个反战宣言《告欧洲人书》,包括爱因斯坦在内,签名的才一共只有四个人!

多么卑鄙、无耻、自私的知识分子呵!连海德格尔这样的人物,也一样跟着大棒走!在普鲁士科学院的会议厅里,爱因斯坦身边的两把椅子总是空着。没有人敢靠近他。其实,他也不过是一个物理学家罢了,那时候,除了做实验,拨弄一些数字与逻辑,什么事情都还没有做出来。然而,作为一个危险分子,这已经足够了!

不顺从就意味着反抗。在一个专制国度里,谁不敬畏权力呢?

他没有了退路。

他完完全全地被一个充满敌意的世界抛弃了!

但是,比起大批大批死于汽油与火的犹太人,爱因斯坦究竟是幸运的。无论怎样,后来,他总算可以站在自由女神的火炬底下自由地喘息了。

——这是生长《独立宣言》的地方,又一块大陆,爱因斯坦!你尽可以沉浸在天才的想象之中,而无须理会千万里外的战争的嚣骚;你可以静静地观察物理力的相互作用而无须提防暴力的报复,可以进一步完善你的相对论而无须担心绝对权力的威凌。让你结束那个关于"祖国"的噩梦,向未来世纪的子孙们讲说你眼中广袤、辉煌的宇宙天体,大自然的美与和谐吧!要是教堂的晚钟响过,你也已感觉疲倦,那么,就走出实验室,带着你心爱的小提琴,随同纷飞的鸽子到公园或是旷野里来!那里,有惠特曼抚摸过的柔和的草叶,有爱默生喜欢的岩石,松和橡树,有林肯播种的紫罗兰的缠绕不息的芳香……

我知道你是一个诗人,本来意义上的诗人,爱因斯坦!

可是,这个刚刚逃脱了政治迫害的人,却把他全部的激情,献给了政治斗争。政治,在他看来,乃是全人类的事务,并不限于邪恶势力的墙垣之内的。他赞扬法国的物理学家朗之万说:"理性是他的信念——这信念不仅带来了光阴,也带来了解放。他为促进全人类的幸福生活的愿望,也许比他为纯粹的知识启蒙的热望还要强烈。正因为这样,他花了很多的时间和精力用于政治启蒙。"这不也是自我的深沉表白吗?

当屠伯们开始了血的游戏,当无情的炮火摧毁了田园,当大地因无数妇孺惊恐的哭声和挣扎的呼喊而日夜战栗,难道还能在实验室的圆转椅里安坐吗?科学成就本身,到底能够从本质上减轻多少落在人们身上的灾难呢?这时候,他没有沉默。他根本不可能沉默。如果沉默,就等于犯了"同谋罪"——他比任何人都更清楚地理解这样一道现实政治中的等式。所以,他全身心投入了各种公开和秘密的反战运动,没有一点犹豫。他成了不带枪的战士。他以榜样的力量,召唤着更多的为和平而战的人们。

他那么紧张地注视着时局的发展,以科学家的精确,不断地校正自己的每一个行动。从呼吁拒服兵役到主张武装抵抗,他不惜严酷地涂改自己,以致睿智的罗曼·罗兰也不能理解他。是的,他渴望理解,一生都渴望理解;但是对他来说,更为重要的是倾听自己,倾听内心的神圣的声音。真理的声音。真理是简单自明的,但又丰富到没有极限,只有忠实于人类自由事业的奋斗者,才能从它那富于人性的启示中,获得独立支持的勇气。

他一面从事反战运动，一面开辟"第二战场"：保卫言论自由和教学自由。维护和加强这些自由，距眼下生死攸关的战争未免太远了；然而他认为，任何民族的健全和发展，都不可能离开这个基础。当人们焦灼的心几乎全数为血火的战场所吸附时，他的目光，便已经探及使世界充满痛苦、叹息和辛酸的战争和各种压迫的根源了。呵，爱因斯坦，你四周的和平环境还不能令你感到满意吗？最初到来时，你是那般深情地礼赞这个自由民主之邦，怎么会诅咒起来的呢？难道你不怕陷于新的孤立？……这个大步跨出了科学圣殿而直面血与污秽的伟大的天才，他发现：科学和政治，个人和社会，都一样深深植根于脚下的多难的土地。这土地，原来便连成一片，并没有大陆和次大陆之分的。没有国界。他没有祖国，可又无处不是他的祖国！

说到底，时代与他，谁也没有抛弃谁。

如果说他离开德国，离开普鲁士科学院，离开属于科学工作者的纯粹的研究生涯也算是一种抛弃，不如说是一种拒绝。他拒绝了他所应拒绝的一切。

他拒绝了一切，惟独保留作为一个世界公民的责任。人类是什么呢？作为类的概念，其实是哲学中的一个"无"，然而在他那里却是一个实实在在的"有"，一个足以让他甘愿委以全部生命热情的实体。为此,无形中便在他与爱人和朋友之间划开了一段情感距离。他拒绝了祖国的拒绝,却也拒绝了亲人的接近,拒绝了为世俗所珍视的、日常的爱抚与温情。——这才是人生最可怕最难的一种拒绝呵!

他曾经这样写道:

> 我实在是一个"孤独的旅客",我未曾全心全意地属于我的国家,我的家庭,我的朋友,甚至我最接近的亲人;在所有这些关系面前,我总是感觉到有一定距离并且需要保持孤独——而这种感觉正与年俱增。

——两难的孤境!

以爱因斯坦的坚强而明澈的理性,真使人怀疑,他是否真的进入了这样痛苦的状态。但是,只要读到他以无限的同情描写斯托多拉,一位"气轮机和燃气轮机之父"的话,便一切都明白了。他说:"人们的苦难,特别是由人们自己所造成的苦难以及他们的愚钝和粗暴,沉重地压在他心上。他深刻了解我们时代的社会问题。他是一个孤独的人,如同所有的个人主义者一样,对于人折磨人的那种可怕的事情的责任感,以及对于群众处于悲惨的境地的无能为力的感觉,都使他感到苦恼。虽然他有了特殊的成就和深受爱戴,但是他的感受力还是使他痛苦地感到孤独。"

不是形而上学者的无端的空虚,也不是唯我论者的孤单寂寞,而是一个清醒的现实主义者的刻骨铭心的时代体验。在专制和谎言所毒化的空气里成长起来的普遍缺乏气魄和力量的一代人中,又能找到多少个这样的孤独者?所以,我想,他才因开普勒、朗之万、斯托多拉而多出那么一份沉痛与欣慰。即使同时出现了一批孤独的天才,也都大抵如莱布尼兹所说的单子一样分布着——没有"窗口",灵魂怎样往来呢?

爱因斯坦的孤独是恒在的孤独。那是一种状态,也是一种力量,是他唯一可感知可把握的。只要他要做一个完整的人,只要他不肯放弃那个始终引导着他的目标,只要人类的苦难与他同在,他就注定是一个"孤独的旅客",永远落在途中,作无止无休的跋涉……

哦,命中的孤独者!

1990年5月23日

朋霍费尔

马丁·路德·金

自由、祖国、十字架

"叛国者"

有一本朋霍费尔的传记,叫《力阻狂轮》。这名目,令人立即想到中国的一个古老的成语:"螳臂挡车"。书名出自朋霍费尔书信里的话,表达的是一种自我牺牲的决心和勇气;换成我们的成语,意思却刚好相反,变成对一个人的信念的讥嘲了。

不过,从朋霍费尔的行为来看,委实是一只不自量力的螳螂。他抵挡的,全是以个人能力根本无法战胜的庞大的事物:国家政权、帝国教会和战争。

朋霍费尔于1906年2月4日出生于德国的一个优裕的知识分子家庭,17岁进杜宾根大学,一年后转入柏林大学,

24岁时就任系统神学讲师。1933年，正当他迎着光辉的学术前景大步迈进的时刻，希特勒粉墨登场。为此，他主动中断神圣的学术生涯，投入艰险的政治斗争而毫不顾惜。他在电台发表公开演讲，揭露大独裁者的政治阴谋，抨击把党的领袖偶像化的政治专制制度。然而，教会跟着希特勒跑了，全国转瞬之间成了纳粹的党天下。

因为教会公开为国家暴政辩护，朋霍费尔不能忍受，决心与之决裂。他不但拒绝担任牧师，而且动员所有拒绝国家主义的牧师放弃职务。1933年10月，在动身前往伦敦教区工作前夕，他向学生告别说："现在正是在安静中坚持的时候，并且要在德国基督教会的每个角落埋下真理的火种，好让整座建筑一同烧尽！"在伦敦，他广泛宣传德国的教会斗争，恳请外国教会承认"认信教会"为唯一的教会，而拒绝承认国家教会。

认信教会是在非常时期中，由持不同政见者组成的同国家教会相对抗的教会。1935年，朋霍费尔回到德国，即受聘为这个异端教会组织的牧师，主持讲道课程。希特勒政权一方面控制教会的财政命脉，另一方面摆出民主改革的姿态，致使许多会员纷纷倒戈，回到政府的怀抱。朋霍费尔坚定地表示：决不接受被国家收编的任何尝试。他为那些在认信运动中坚持与国家对峙的受迫害者筹措薪金，把自己的薪水分给学生，最后，还决然放弃了婚姻。他深知，对于一个不妥协的战士来说，家庭是一个累赘；他不希望为此随时遭到国家的恐吓和敲诈，而使未来的坚持变得更沉重。然而，形势愈来愈坏，连教堂上的十字架也为纳粹符号"卐"所取代。认信教会的牧师们虽然不赞同向党和领袖宣誓效忠，但也无力反对，最后甚至一改初衷，做出将拒绝宣誓效忠者一概开除的规定。对于犹太人问题，领导人基本上站到国家一边，只有极少数激进分子持反对迫害的态度。他们发表宣言，控告国家践踏人权，结果致使整个教会背上"叛国"的罪名，起草人和传播者遭到拘捕，最后死于集中营。

1937年8月，纳粹政府正式下达关闭认信教会的禁令。剩下朋霍费尔和他的伙伴，他们不得不拿生命作赌注，违法进行神学教育训练。可是，到了后来，最极端的激进分子也拒绝参与反对国家领导的行为。朋霍费尔彻底孤立了。

鉴于朋霍费尔的危险处境，1939年6月，美国朋友带他离开了德国。本来，这是许多流亡者求之不得的事，可是，他不愿意在人民陷入魔鬼的巨掌时，独自居留安全的境地，在本国被迫害的基督徒最需要他的时候抛弃他们。他确信上帝之手在指引他，于是，随后三个星期，又从美国返回了德国。

这时,第二次世界大战爆发了。

战争与和平问题,成了朋霍费尔与纳粹政权为敌的焦点。全国大多数人都在为国家的侵略政策和战争成就欢呼,而从不追问应当由谁为此付出代价,这种爱国主义的狂热使他十分震惊,于是到处奔走呼告:"希特勒代表战争!"这样,他不得不饱尝苦果,再也无法在德国任何一所大学任教。

1940年,他进入"国防军"反间谍机关担任信使工作,利用合法身份,将德国抵抗运动的目标和秘密计划传达给西方各国。在朋友面前,他不惜牺牲个人的"清誉",隐瞒自己的真实角色,以便更有效地进行政治和军事的密谋策划。1943年4月5日,他同他的姐姐和姐夫一起被捕。据盖世太保的判决,姐夫杜南义是"策动谋杀领袖运动的主谋和精神领袖"。两年后,1945年4月8日,朋霍费尔同其他五名持不同政见者均以"叛国"罪被处以绞刑。

时隔一个月,仅仅一个月,德国无条件投降。

疯狂的巨轮终于停止了滚动。可是,朋霍费尔,他的从不停止挥动的螳臂连同有为的躯体,已经被碾碎在通往黎明的路上了。

致命的梦想

另一位牧师其实也是挡车的螳螂,他就是美国著名的民权运动领袖马丁·路德·金。

金所面迎的狂轮是种族歧视制度。虽然压力不是直接来自国家政权和战争,但是,此间对于生命的漠视和对自由权利的剥夺,在本质上是一样的。

美国历史上的南北战争,以联邦国家对南方庄园主与蓄奴制的胜利结束,可是,在根本意义上,胜利毕竟是妥协的产物,即使在法律上给予黑人以一定的权利,在南方各州,仍然出现大量的歧视黑人的现象。到了二十世纪,由于国家工业化和城市化的迅速发展,联邦政府及时对宪法做出新的解释,立法禁止联邦雇佣中的歧视,禁止动产契约中的种族限制,取消军队和学校里的种族隔离,以及其他形式的公共隔离。这些相关的法律措施,遭到南方种族优越的地方势力的反对,根本无法实行。地方政府与联邦政府的抵制与反抵制的斗争势必持续下去,而民权运动作为"第三势力",也就在这个痛苦的僵持过程中发展了起来。

1955年12月,在蒙哥马利市,一位名叫罗莎·帕克斯的黑人女裁缝拒绝服从公共汽车司机要她给白人让座的命令，于是被捕，并且被处以10美元罚金和诉讼费，黑人积聚多年的不满情绪顿时爆发起来。他们发起一场大规模的联合抵制行动，原计划拒乘公共汽车一天，结果持续了382天，直到最高法院宣布隔离公共交通的做法违宪时为止。这是美国历史上第一次由基层自发发起的维权行动，从此，民权运动便如山洪般地不可遏止了。

在这次联合抵制运动中，黑人领袖们组织了蒙哥马利改进协会，并选举马丁·路德·金为主席。这样，这位年仅26岁的牧师，便走到了民权运动的前台。

金出身于亚特兰大美国最大的黑人社区中的一个著名的黑人神职家庭，毕业于当地的莫尔豪斯大学，在切斯特的克罗泽神学院获神学学位，在波士顿大学获哲学博士学位。他在他的社区里，致力于追求平等与进步的斗争，把布道者的热情同学者的智慧结合到一起，深获黑人的拥戴。继蒙哥马利运动之后，"南方基督教领袖联合会"成立，金再次被推选为主席。在考虑到少数人如何能够战胜整个社会，坚持为自由和公正而斗争的时候，金决定采取非暴力反抗的方式。虽然，黑人此前也曾试验过这种策略，但是，真正取得成功的，还是始于金领导的二十世纪六十年代的这场席卷全国的斗争。

1960年4月，金和他的同伴们鼓动大学生成立自己的非暴力组织,并向他们提供卓越的领导力量。1963年4月,在金的带领下,黑人向"美国种族隔离最厉害的城市"——伯明翰市集中发动强大的和平攻势,在实行种族隔离的快餐馆里进行连续不断的静坐,接着联合抵制商人和进军市政厅。正当黑人勇敢地行进时,一个州法院颁布禁止进军的命令,金被捕了。他在监狱中写信指出:"道义上有责任不服从不公正的法律"。他警告说,如果非暴力抗议失败,后果将是可怕的。

八天以后,金被释放出来,立即恢复了对运动的领导。对抗开始升级。警方动用警犬和救火水管,进行大规模逮捕,监狱里一共关押了两千多名抗议者。后来,又接连爆炸金及其兄弟的住宅和黑人领袖总部的小旅馆,通过教育局使一千多名参加示威的学生停学或被开除。官方的暴力行为,不但没有把金吓倒,反而增进他的斗争决心。在著名的"童子军游行"之后,金又挥动臂膀指挥了一场更加宏伟的战斗:"向华盛顿进军"!

所有的黑人大组织都支持这次新的进军。8月28日,共有25万和平示威者——其中有6万名白人——集合在全国的首都。他们游行、唱歌、高呼口号,凝聚到林肯纪念堂听金的演说。金说,他有一个梦想:"有一天,这个国家会站立起来,真正实现其信条的真谛:'我们认为这些真理是不言而喻的：人人生而平等'"。他接着说："怀着这个信念，我们一定能在一起工作，一起祷告，一起斗争，一起坐牢，一起坚持自由，因为我们知道，总有一天我们会自由的。"

次年，金被授予诺贝尔和平奖。这个题作《我有一个梦想》的演讲，至今仍然激动着世界人民的心。

自由，始终是同平等连结在一起的，自由和平等，都是对个人权利一致性的维护。自由的梦想，属于金，属于朋霍费尔，它属于所有反专制、反歧视、反奴役的战士。只要梦想存在一天，自由的战斗就不会消亡。

同朋霍费尔不同的是，金不是孤身奋战，他的背后站着联邦政府和千千万万弱势的人们，所以有力量使狂轮受阻，而且出现逆转。1968年春，金又开始计划下一次向华盛顿的大进军。这次进军是在全国穷人中进行动员的，包括黑人，也包括白人。他的梦想广大到要打破种族的界限，而扩至不同的阶级中去。自由的真正目标终归要到达底层。可是，意外的是，这只伟大的螳螂，怀着他的梦想突然死去了。

4月4日，金去孟菲斯支援罢工的垃圾工人，在一家小旅馆的阳台上，遭到一个白人狙击手的射杀。

国家是国家，祖国是祖国

朋霍费尔和马丁·路德·金，两个基督徒，两个牧师，两只力阻狂轮的螳螂，连死亡也如此相似。可是，他们生前斗争的手段极不相同，死法也不同，连死后在世间的反应也有着很大的差异。

与其说是因为他们生活在不同的时代里，无宁说是生活在不同的国度里。

有意味的是，朋霍费尔同金一样，最先也是甘地的追随者，曾经一度打算亲自到印度访问甘地，取非暴力斗争的真经。"登山宝训"作为基督教原始团契的基本原则，不但为甘地所崇奉，也是被朋霍费尔当作座右铭，在生活中努力践行的。1934年，他在丹麦召开的普世教会会议上，有一个瑞典人问他："如果战争爆发，你将怎么办？"他回答是："我将祈求基督给我力量不拿起武器。"显然，开始时，他取的是一种和平主义者的态度，可是最后发现：没有武器无法保卫公义。是国家把公义推上了囚车，国家本身具有犯罪的特质。

马丁·路德·金幸运的地方，就在于他生活在另一个国家，一个不同性质的国家：美国。

《独立宣言》声明必须解除强加于人民的政治枷锁，

承认世上所有人的包括生命、自由和对幸福追求的权利，其中还包括革命的权利。这个人民主权的原则，确保人民获得法律和实际政治的可靠保证，由拥有国家的人民治理国家，而不是由哪一个集团自称为人民的"代表"来治理国家。"美国，你拥有比我们旧大陆优越的条件，没有破坏的宫殿和玄武岩。你展现的是有活力的时代，不受无用的回忆和徒劳的争论所困扰。"歌德如此写道。美国作为"自由独立的合众国"，政治体制采取首创的联邦制，一种植根于自组织的具有高度自治能力的多中心秩序体制，完全不同于自上而下的中央集权的控制体制。在行政机构内部，实行分权与制衡原则；在政府外部，存在着大量的民间组织。秩序和对抗共存于一个富有活力的体制中，它规定了政府仅只在有限的意义上实行统治，而人民在国家事务管理上起到决定性的作用。

对于美国，托克维尔这样论说道："美国人最大的优势是，他们无需经历一场民主革命就实现了一种民主形态；他们生来就是平等的，而非后来才变成平等的。"美国的这种民主政制及其观念，根源于圣经传统的圣约思想。所以，马丁·路德·金领导的民权运动，与这个国家的建国原则并没有根本性冲突；非暴力斗争能够节节获胜，也是因为有着这样的政治土壤。金的斗争得到肯尼迪总统和做司法部长的弟弟的支持，当金在伯明翰被关押时，兄弟二人中总有一个人打电话给地方当局，为他说话，以确保监禁不致于太苛暴。当在电视上看到金领导十万人向华盛顿进军时，总统不禁对助手赞叹说："他太棒了！"当权者对反对派如此欣赏，在世界历史上如果不是绝无仅有，也是极少见的。

朋霍费尔所在的德国，就不是这种情形了。

这个由纳粹党统治的国家，实行的是国家社会主义体制，它的惯常形态是极权主义的，最终目标在于鼓励个人属于国家，实际上为党和领袖所控制。《纳粹德国》一书的作者克劳斯·费舍尔把当时的德国比作一个等边三角形，希特勒处在三角形的顶端；党和国家则构成三角形的等边，两部分官员多是重叠的、性质相似的。这个政权的最大特点就是意识形态和暴力，本质是种族主义，反基督教和反人道主义。它对人民进行监视，对舆论进行控制，社会没有独立的工会和其他压力集团的存在；不需要法律程序，随时随地，就可以把敢于批评党和政府的人送进监狱或是集中营。在这样一个专制、恐怖，全社会不知自由、人权为何物的国家里，朋霍费尔能做什么呢？他能和平地改变政府，并通过这样的政府去改革社会吗？

结果，朋霍费尔采取与马丁·路德·金完全相反的手段，也是与自己的初衷完全相反的手段——一种个人或少数人的密谋的、暴力的手段去保护他的信仰；因为事实上，环境不可能提供任何其他手段给他选择。与其说，如此反抗的手段是他所选择的，无宁说是国家事先代替他作出了选择。

朋霍费尔绝不怀疑任何一种暴力的使用都是罪，但是，他坚持认为，基督徒在一种情况下，即出于对邻人的爱，可以而且必须担此罪责。所以在讲道时，他指出，假若坐视国家政权的合法性暴力和不公，没有积极地进行抗争，却宣称在政治冲突中保持中立，其实这不再可能是中立。对于纳粹政权，和平姑息还是暴力反抗？哪一种罪更大？朋霍费尔认为，凡是不准备谋杀希特勒的人，从根本上否定暴力的人，不管愿意与否，都将与大屠杀的罪恶有关！

在一个专制国家中，持顺从或者反抗的态度，无论对个人还是对国家的命运来说，都是带决定性的，根本不存在"不抵抗"，或是同官方保持合作的所谓"自由主义者"。至于和平主义的抵抗方式，那结果如果不是沦为无谓的牺牲，便极有可能堕落为"做戏的虚无党"。不要用美国的现象来看待纳粹德国的事情，不要拿马丁·路德·金的方式来否定朋霍费尔。在金生前，他见到他所参与斗争的果实，已经化为《民权法案》和《选举权法》，高悬于国家法律的枝头之上；在他身后，一样得到美国总统以至于全体人民一致的崇敬。在美国历史上，只有三个以个人纪念日为法定纪念日的例子，他是唯一的一位非总统而享此殊荣的人。朋霍费尔呢？他是由国家直接杀害的，而且是极其残忍的血腥的虐杀！

朋霍费尔是被他的国家判定为"叛国者"的。国家不是祖国。无须讳言，为了祖国，朋霍费尔确实背叛了他的国家。按照政治学家本尼迪克特·安德森的定义，一个国家远非只是一个政治实体，国家也是一种精神状态，是一个"想象的政治社会"；它不仅具有地理的界限，同时也具有思想上的界限。著名的流亡者卢梭曾经写信给朋友说：

> 组成祖国的不是城墙，不是人，而是法律、道德、习俗、政府、宪法和由这些事物决定的存在方式。祖国存在于国家与其民众的关系之中。当这些关系发生了变化或者没有了，祖国也就不再存在了。……让我们为我们的祖国哭泣吧，因为它已经死亡了，而仍然留下的类似物只能玷污它。

祖国与国家，对朋霍费尔来说是分裂的；而对金来说，则叠合到了一起。可是，他们身在不同的国家，却拥有同一个祖国。这个祖国，就是他们的信仰，背负的十字架。他们深信，"上帝的启示是通过人也只是为了人"。人类之爱，使他们穿越种族、地区以至国家的背景，甚至宗教本身，而诉诸于普遍的公正意识。他们勇于执行人的权利，不是在可能性中漂浮，而是体现在实际行动中，直至成为殉道者。响应神的召唤，为救赎而牺牲，这是作"门徒"的代价。按照朋霍费尔在狱中对于"行动"的解释，其实这就叫"自由"。

——"自由，我们长期以来在戒律、行动和苦难中寻求你"！

朋霍费尔和马丁·路德·金，从不同的时代，不同的国度，不同的道路出发而终于走到了一起，那里是：爱、自由和死亡。

2008年1月20日

为宽容而斗争

人性的美善与丑恶,在亲缘关系中表现得最清楚不过。读罢美国著名作家和历史学家房龙的次子威廉撰写的关于他的传记,不免大为惊讶:人与人之间怎么竟至于如此的不宽容?

《房龙传》对老房龙有较全面的介绍,但是,书中无疑更多地偏重于饮食男女方面。自然,这样的结构也不无好处,可以让读者对著作家的凡俗的一面有所了解;只是由于作者为偏见和敌意所左右,往往切断传主的日常生活与精神世界的正常的逻辑关系,于是,老房龙变做了一个饕餮者、色鬼、吹牛家、幻想狂、反复无常的小人。至于他的几十年来在世界各地一直热销不衰的著作,便成了一堆来历不明的什物,倘若完全听由作者的导引,你将无从

房龙

找到它们的主人。

既为传记，究竟离不开事实本身。因此，即便小房龙站在老房龙跟前不时地指指戳戳，挖苦，笑话，扮鬼脸，仍然无法遮蔽老房龙作为一个人文主义者，充满睿见的历史学家，富于正义感的公共知识分子的形象。

老房龙从青年时代起，就对"人文主义之父"，同在鹿特丹出生的伊拉斯谟充满景仰之情，致使小房龙嘲笑他在给自己画像时，总是画得有点像老伊的模样；或是当别人向他要照片时，他会常常寄去他的双手的照片，因为他发觉自己的手与老伊的手太相似了。可是，老房龙绝非那类轻浮的"追星族"，而是伊拉斯谟的灵魂的坚定的追随者。他的系列著作，总是有那么一股精神，一份激情，让人听得见风声，感受得到篝火的灼热。这在其他学者的书中是很少遇到的。他深知，他的工作不是带孩子去逛历史的动物园，如果仅仅教会他们一些分门别类的知识，他认为，这样的工作简直一钱不值。他要做的工作，正如他描述伊拉斯谟时说的那样："他像个巨大的海狸，日夜不停地筑造理智和常识的堤坝，惨淡地希望能挡住不断上涨的无知和偏执的洪水。"

即使房龙以他渊博的学识，富于启发性的思想和亲切的文笔使他最终成为一个畅销书作家，但是启蒙工作本身是孤独的，寂寞的，事实上也在不断地遭到挫败。他在《人类的故事》中宣传进化论，致使此书在美国24个州内无法摆上公共图书馆的书架；《圣经的故事》在书中省略了像"圣母怀胎"、"耶稣复活"一类在房龙看来纯属荒唐的情节，给耶稣画的插图也不画头上的光环，结果遭到基督教原教旨主义者的激烈反对，在销售方面一败涂地；还有《宽容》，这部猛烈抨击政治文化专制，赞美异见份子和思想自由的读物，出版之后，非但不曾引起应有的注意，甚至还有书评说是"矫糅造作"，"令人失望"。房龙雄心勃勃，要让"知识和理解"成为建立一个更合理更理性的人类社会的基础，然而，他遭到了社会的抵制。

真理从本质上说是富于斗争性的。房龙在更广泛的意义上使用"宽容"一词，他以这样一个简明的概念意涵了我们常说的自由、民主、理性，《宽容》的另一种版本的名字就叫《人的解放》。他清醒地指出，宽容这个词从来就是一个奢侈品，购买它的只是智力特别发达的人。事实上，有史以来，所有的不宽容都是以某种神圣的名义垄断真理，从而扼杀个人权利和个性自由。房龙强调说，在现今的世界上，对宽容的需要超过了其他一切。他让我们看到，现代的不宽容，无非"用机关枪和集中营武装起来"以代替"使用地牢和缓慢燃烧的火刑柱"的中世纪的不宽容，历史不见得有什么进步；他说，现今距离宽容一统天下的日子需要一万年，或者十万年。也就是说，对于现代人来说，宽容只是一种梦想，一种乌托邦。怎么办？房龙没有因此把问题悬置起来，他反对对那些持与宽容完全对立的理论，意在摧毁我们脚下的基石的"白蚂蚁"们大谈宽容。他在《宽容》一书中写道："只要这个世界还被恐怖所笼罩，谈论黄金时代，谈论现代化和发展，完全是浪费时间。"他接着说："只要不宽容是我们的自我保护法则中必不可少的一部分，要求宽容简直是犯罪。"宽容不是纵容，在这里，提倡宽容，即意味着跟不宽容的势力，"偏执和暴徒精神"作斗争。房龙把这种反对不宽容的斗争称作"最困难的一场斗争"，呼吁担当的精神，率先负起责任，创造并给予自由！

房龙不是那种纸片上的人文主义者或自由主义者，他始终认为，除却斗争别无选择。

在国际政治中，当时，房龙密切关注两种势力的发展。其一是斯大林治下的苏联，他的态度显然是不友好的，致使高尔基评论说：在资本主义者的世界，共产主义只有两个危险的对手——施本格勒和房龙。在苏联于1939年11月入侵芬兰时，房龙坚持发起一次示威游行，并在此基础上,积极参与创设芬兰救援基金。希特勒及其党徒,是房龙抨击的主要对象,他对这班恶劣透顶的暴徒和无赖的憎恶,随着纳粹德国对犹太人和知识分子的迫害,以及战争的进行而迅速加深,以致一头扎进斗争的漩涡里再也没有浮上来。

由于希特勒政权的绝对的独裁性质,作为一种抗议,房龙拒绝在德国出版自己的著作。他同其他作家一起,干预纳粹势力对奥地利作家茨威格的迫害。《房龙传》的最后部分,对他反纳粹斗争的描写所化去的笔墨较为慷慨,记录了诸如大批量地为犹太流亡者签署担保书,他的家庭成为流亡者的中转站,筹集和提供大笔资金救助难民等等。不过,小房龙把所有这些都说成是老房龙"借此表现人道主义信念来贿赂自己的良知"。比照老房龙所付出的心力和承担的牺牲,这种诋毁的语言,不知从何说起!

几千年来,专制与愚昧的关系都是十分暧昧的。房龙对不宽容的斗争,除了针对极权主义之外,再一个目标就是群众。传记写了两件事,突出地表明房龙与群众的紧张关系。其中之一,是他在全国广播公司播音期间,因公开传播希特勒和墨索里尼会被武力推翻的观点而遭到众多来信的指责,说他企图在那些终于找到了英明领袖并正在走向强盛的国家里煽动叛乱。他曾一度离任，1939年2月重返电台，不料惹起比以往更为激烈的争议。这时，欧洲局势愈来愈紧张，而美国国内亲纳粹的态度竟愈来愈普遍，连一些平日反对纳粹德国的播音员也被解雇了。房龙利用手中的麦克风，将拿破仑和希特勒进行历史比较，把拿破仑说成是"微不足道的暴发户"，那么希特勒算什么东西呢？其实这是他的一贯的观点，然而众怒难犯，广播公司几乎被抗议房龙的信件给淹没了。

其二是房龙旅行回到美国，当他走进哈佛俱乐部时，发现罗斯福总统的画像被扯走；到了哥伦布日，人们在庆祝活动中对拉加第亚市长发出嘘声，却为墨索里尼的名字欢呼。这下可激怒了房龙，他大声吼道："群众是那种啥也不在乎的家伙！"从此他永远打消了写一部"平民史"的念头，以极快的速度，写成一本小册子，题为《我们的奋斗》——我个人对希特勒所著〈我的奋斗〉的回答》。他说："当我从斯堪的纳维亚回来时，我所感觉到的是令人难以置信的精神的冷漠，那是多么自私自利，目光短浅，于是我回到家中写《我们的奋斗》。要是本地人带着他们所有的优越感不再相信我们的民主，那么现在轮到移民提供其仍然对民主事业怀有信念的证据，证明民主事业如今是真正文明世界的最后希望。"这个具有美国观念的荷兰人，为了维护人类的尊严，维护民主制度和真正的和平，他把矛头直接指向中立主义者，绥靖主义者和为希特勒辩护的人。《我们的奋斗》出版后，得到罗斯福和少数有识之士的肯定，然而，无论在左派还是右派的阵营里，都引起了普遍的责难。"谁是《我们的奋斗》最阴险的敌人？"房龙在一封信中分析说，这些人很明显代表了犹太人由来已久的观点。他指出："他们不满于书中好战的观点，他们觉得一切都该通过道德规劝来加以解决。他们对冷冰冰的怨恨愤愤不平……"一方面，他得面对希特勒这个大独裁者、战争狂人，另一面，又不得不面对酷爱和平主义的群众，房龙为此颇感孤独和沮丧，在另一封信中这样写道："我最亲爱的朋友，恐怕我们这样的人、我们这样的心灵一旦想与群众掺和到一起，就会一事无成。……我们就呆在原地吧，和群众保持距离，让他们需要的时候来召唤我们吧！"

1940年5月10日凌晨，房龙获悉祖国荷兰已遭德国入侵的消息。无数濒危的生命在召唤，颤抖的大地在召唤，自由和正义在召唤，房龙当然一刻也不可能"呆"下去。传记以极粗略的线条速写他的忙碌的身影：草拟新闻稿，发起筹款活动，创设"威廉明娜女王基金"，从事战时救助工作。此外，应邀为WRUL电台播音，他的"汉克大叔"节目,使无数陷于痛苦的同胞得到安慰和鼓舞;其中,还极有创意地每月公布一次被发现自愿和纳粹合作的人的名单,目的是使他们在作恶中感到危惧……

房龙夜以继日地工作,庞大臃肿的身躯迅速失去往日的活力。1944年,正是二战胜利前夕,在心脏病的突袭之下,他倒下了。

在传记里,小房龙嘲笑他的父亲生前一直希图做一个哲学家而终于不能。的确,他是一个布道者,而非上帝。他没有创造真理,却在不倦地发现真理,传播真理,实践真理。尤其到了后来,可以设想,如果不是负担了那么多自己强加给自己的额外的社会义务,这个六十二岁的老人将会在身后留下更多的著作。可是,他写在书本里和写在行动中的不是同一种哲学吗?文字的增加或减少能够说明什么呢?倘若舍弃了与千千万万人们的生存相关的个人的实践,哲学的意义何在?在我看来,大约这就是激烈的房龙超越多少显得有些"中庸"的他的鹿特丹老乡的地方。

龙种是龙种。跳蚤是跳蚤。合上《房龙传》,恶作剧一般地,不禁顿然想起一条有关龙和跳蚤的西谚来。

2003年3月16

白求恩

孤独的异邦人

经历过文革的人,没有不知道白求恩的名字的。在规定"天天读"的著名的"老三篇"中,这是一位"毫不利己,专门利人"的革命圣徒,众人学习的典范。但是,作为西方知识分子,白求恩身上固有的个人主义的特质被掩蔽了。应当看到,这种个人主义与革命理想是有密切联系的,然而也有冲突,并因此蒙上悲剧性的阴影。

白求恩1938年离开温哥华前往中国,据介绍,与他同一位他昵称 "小种马"的女友,左派艺术家玛丽安·斯科特的恋情有关。不过,从他动身时写给斯科特的短简看,当时肯定受了斯诺的《西行漫记》、史沫特莱的《红军长征》、伯特伦的《中国第一幕》一类书籍的诱惑,毕竟他是一个富于政治激情的人。此前，曾经作为加拿大医疗小组负责人，他参加过西班牙内线。同英国作家奥威尔一样，由于政治身份遭到西班牙当局的怀疑，行动受到监控，结果提前被召回国。从此，奥威尔脱离了实际斗争，致力于写作反面乌托邦作品。而白求恩，对于革命，依然充满着一个乌托邦主义者的幻想的热情，而且勇于孤身前往。

在延安，外国专家很少。白求恩的到来理应受到当局的礼遇，仅每月发给他的津贴便相当可观。然而他谢绝了。

以下是他写给"军事指挥部聂将军处"的相关的信：

亲爱的同志：

今天晚上我收到了林大夫带给我的301元钱。这笔钱中的100元好像是付给我的个人津贴，另外的102.20元似乎是用来偿还我在药品上的垫支，而剩下的98.80元似乎是用来支付我在纱布和药棉上的开销。关于这第一项100元，我在8月12日发给延安军事委员会的电报中已经表示过拒绝接受并且建议将它用做伤员们的烟草专款。我在此只想重复这一提议。关于其他的两项，首先，我完全不知道自己在药品上垫付过那笔钱；至于花在纱布和药棉上的98.80元钱中，只有70元是经我的手花出的，剩下的部分则是由布朗大夫支付的。我经手的这笔钱在6月6日离开岚县前往五台之前已经由蒋大夫给过我，所以它并不是我自己的钱，而是八路军医疗队的。这笔钱的收条早已经寄给延安的首长了。

其它的医生每月只有1元的津贴，而聂将军本人每月的津贴也只有"可观的"5元，在这种情况下，让我接收每月100元的津贴是不可思议的。

另外，因为我需要的所有东西都是免费提供给我的，钱对我没有任何用处。

致同志似的敬礼！

白求恩

这种对金钱的态度，令人想起中国的另一位革命者的名言："清贫，洁白朴素的生活，正是我们革命者能够战胜许多困难的地方。"而今，一代古典共产主义者随风远去，难寻踪迹，令人唏嘘。

在恶劣的战争环境中，白求恩随部队辗转于荒凉的大西北，每天除了工作就是工作，用他的话说，过的完全是"高强度的生活"。他在1939年8月15日写了两封信，一

孤独的异邦人

生中最后的两封长信。其中一封给加拿大的党组织，另一封给一位未明身份的关系密切的"朋友和同志"。在私人通信里，他偶尔述及1938年一年，其实不到一年的工作量："去年我共行军3165英里，其中有400英里是徒步穿行于山西、陕西和河北三省。我共做了762个手术，检查了1200名伤员。我还重组了部队的卫生系统，写作和翻译了三本教科书，建立了一所医疗培训学校。"这是一组惊人的数字。如此繁重的工作，卓著的效绩，不要说一个人，就算一个小分队也难以在有限的时间内完成。

像这样一个忘我工作，毫不讲究物质生活，从不计较个人酬劳，却又拥有一门专长技术可资利用的人，怎能不受革命的欢迎呢？

白求恩在信中坦陈道："我不在乎日常的艰苦——酷热和严寒，肮脏和虱子，一成不变的食物，崎岖的山路，没有火炉，没有床铺，没有澡堂。"是的，他可以放弃为大众所追求的优裕的生活，忍受肉体所能担受的一切困苦；作为一个有教养的知识分子，他需要的只是一种有信仰，有内在方向感的精神生活。其实，他一直在谛听灵魂深处那个古老的声音——自由的呼唤，而且期待着身外热烈的回响。真实的境况恰恰是：精神比物质更匮乏。

白求恩是一个技术知识分子，难得喜欢文艺，一生热爱写作。多伦多大学出版他的文集《激情的政治》（1998），其中除了医学论文，还有诗、小说和戏剧，间有摄影和美术作品。此外，就是大量的书信。看来，文字被他赋予了一种神圣的使命。来华以后，他每月都给毛泽东和加拿大党组织写工作汇报，频频地给各地的朋友写信。意想不到的是，邮件极不规律，发出的信几乎没有回音。他开始抱怨。1938年底，他写信给马海德说：

> 收不到你的信，我已经习惯了！向上帝保证，我已经习惯了。又有两个月过去了，仍然没有你的回信。延安的医疗队于11月25日到了这里，却没有带来信件。我一直盼望着这支医疗队能够带给我一些书籍、杂志和报纸，以及一封你的信，让我了解一些外界的情况。但是，他们却只带来一台没有电机和支架，所以将无法工作的X光机。他们还带给我一听已经开封的加拿大香烟，一条巧克力，一听可可粉和一支剃须膏。这些东西都很好，但是我宁愿用所有的这些东西换一张报纸，一本杂志或者一本书。顺便说一句，我从延安收到的所有东西都已经开封。这其中包括我的所有信件。一些信件还有缺页。下次请一定将

所有物品和信件多加一层保护。中国人的好奇心太强了。

除了一张日本人留在一座小林子里的4月18日的《日本宣传报》，我已经有六个月没有见到过英文报纸了。我也没有收音机。我完全与世隔绝。如果不是因为一天中有18个小时要忙于工作，我肯定会有不满情绪的。

白求恩在次年的信里，也说："没有回信是我生活的组成部分。我不情愿接受却越来越能够接受它。"他估计收到的信件只有1/25，至于书和杂志的情况更糟，一年半的时间也收不到一本。他说："我完全清楚有钱人的时髦和好莱坞的新招，但是对于所有重要的事情，我知道得比北极的探险者都少。"他总结道："一年多以来，我一直孤身一人——没有信件，没有书籍，没有杂志，没有收音机。我必须要借助帮助才能够支撑下去。"

知识分子的精神空间比"王土"广大得多。他关心人类，关心千万里外发生的事情，世界上任何大小的变动都与他有关。他努力捕捉更多的信息，因为这些信息关系到人类的生存。他渴望了解。同时，他也希望世界了解他，理解他。所谓"士为知己者死"，中国士人为了寻找"知己"，不惜捐弃生命。对革命知识分子而言，可托的知己就是组织，这组织在他的心目中是千百万生命个体的集合，是扩大了的有血有肉的躯体，总之，是充分人性化了的。所以，他渴望与组织进行平等、自由的交流，如同对待亲密的朋友一样。事实上，组织这东西，在其自然倾向来说，无疑带有整体主义和机械主义的性质，出现程式化、官僚化、甚至非人化的现象不足为怪。组织要求其中的每个分子无条件服从，做"齿轮和螺丝钉"，但知识分子不能。他要在组织内部保持自身的独立性，无论何时，维护个人的尊严甚于生命。

白求恩生活在别处，却不满于"完全与世隔绝"。他收不到加拿大共产党的信，也收不到中共方面的信，这种来自组织的显得相当冷漠、简慢的态度，特别使他受伤。他在14个月内给原来的党组织发出20封长信，完全石沉大海。他给毛泽东个人寄的"许多信"，根据毛泽东的说法，"因为忙，仅回过他一封，还不知收到没有"。失望之下，他也就不再给毛泽东写信了。他说："在过去的12个月里，我给延安的组织（Trustee Committee）如此频繁地写信，却从来得不到他们的回信，我已经厌倦再给他们写信了。"

1938年豪情万丈，一年后急转直下，陷入低谷；不快，厌倦，悲观的情绪积聚起来，完全控制了他。根据薛忆沩先生的介绍，《激情的政治》将白求恩在华时期的文字分成两章：可以清楚地看出前后两个不同的阶段，两个不同的人。到了后来，他变得实在无力抵抗"乡愁的袭击"了。在最后的信中，他把返回加拿大的决定告诉了组织和朋友，其中有一段这样写道：

我梦想咖啡，上等的烤牛肉，苹果派和冰激凌。美妙的食品的幻影！书籍——书还在被写出来吗？音乐还在被演奏吗？你还在跳舞、喝啤酒和看电影吗？铺在松软床上的干净的白床单是什么感觉？女人们还喜欢被人爱吗？

所有这一切在我境况好的时候都是可以轻而易举地得到的。这多么令人伤心！

他毫不隐瞒他的思乡病，那被革命理想压抑已久的世俗生活的欲望：他想家，想电影、音乐、跳舞、咖啡、啤酒，想女人……在这里用得上毛泽东后来在延安文艺座谈会上批判知识分子时的一个经典说法，就是：灵魂深处还是一个"小资产阶级的独立王国"。

倘若把白求恩梦想中的生活方式同现实中的"清教徒"形象联系起来。不免显得有点荒诞不经，其实，直到他做出暂时离开延安"回家"的计划时，也仍然在周密地考虑在短暂的旅途中如何继续为中国革命工作，比如募集资金和物资，甚至医疗人员等等。革命者要战斗，也要休息，要娱乐，要有个人的独立空间，我们知道，生活质量并不完全取决于物质。但是，不同的人们对此会有不同的要求。一本书，一份杂志，不能果腹也不能蔽体，对于延安这样一个文盲半文盲的区域来说却是简直近于奢侈的；况且，革命战争需要的是工具和武器，军事化准军事化行动本身便带着一种整一性、强制性和精简性，命令、指示、集体决议和纪律才是唯一重要的，至于个人友谊、欲望、感情、志趣之类，不用说是多余的赘物，甚至于是消极有害的。与此相反，在一个西方知识分子看来，所有这一切是如此必需，又如此平常。卢森堡向往的革命是知识分子的志同道合的结合。这样的革命是否能够成功是一个问题，但是它颇适合于知识分子的胃口是的确的。问题是，有形形色色的革命：或者本来意义上的革命，或者如卢森堡说的"畸形的革命"。他们渴望参与其中，在组织内部，却又要求从形式到实质，最大限度地实现民主与自由。倘若革命不是以一种尽可能民主的、温和的形式进行,拒绝"请客吃饭",知识分子与革命的冲突便变得不可避免了。鲁迅演讲的题目是"文艺与政治的歧途",扩大一点说,就是知识分子与政治的歧途。

革命是不是可以融入更多一点人道的、人性的元素?在延安,"人类之爱"是受到公开批判的。萧军的杂文《同志的"爱"与"耐"》成了毒草,王实味也因为《野百合花》等有数几篇文章,惹来杀身之祸。知识分子与革命的冲突事件,发生在1942年整风时期。而这时,白求恩因为手术感染,怀着"回家"的梦想离开这个世界已经整三年了!

从白求恩去世的最后一年的沮丧,绝望的心情看,他与革命的冲突,已然在一个隐蔽的精神空间中发生。对于中国,对于中国革命,说到底,他是一个孤独的异邦人。说是"异邦人",不仅因为国籍不同,带决定性意义的还是身份问题。他是一个革命者,却始终保持他的独立自由的天性,而坚执地建造他的革命乌托邦。美国学者雅各比在他论述乌托邦思想的著作中区分了其中的两种倾向:蓝图派的乌托邦主义传统和反偶像崇拜的乌托邦主义传统。从白求恩的文字遗产看,他明显地属于后一个传统;属于这一个传统的乌托邦主义者,据雅各比的说法,往往到最后变成为"自由主义的反乌托邦主义者"。

回头再读读白求恩在他创建的战地模范医院的开幕典礼上的讲话：

> 我们需要领导人，尤其是小领导人，作为起萌芽作用的核心，去深入广大的人民群众，唤醒他们，让他们认清现实，并向他们指出摆脱贫困、愚昧和苦难的道路。正因为缺乏这类小领导人，所以才有独裁者，才有那些自以为我们应当佩服、崇拜，并且像主宰一般地服从的所谓"伟大人物"、"伟大英雄"。

如果白求恩不是过早辞世，我们仍然无法预想他是否会走到"自由主义的反乌托邦主义者"这个端点，但是事实上，他已经偏离了蓝图的方向。他仆倒在路上。而那里，正是介于乌托邦与反乌托邦之间的地方。

2009年6月23日

奥威尔

奥威尔：政治、艺术与自由

读过奥威尔的《动物庄园》和《1984》，还有随笔、日记和书信，很少有人不为他的洞察力和想象力所震撼。他作为一个理想主义者和道德主义者的立场，对人类的自由和尊严的维护，对专制的掊击，那闪电般穿透黑暗事物的讽刺的话语，留给读者的印象是深刻的。

二十世纪毕竟不同于十九世纪。在这个世纪，人类先后经受了两次世界大战，还有各种杀戮，其中的组织化及其残酷的程度是史无前例的。极权主义体制的兴起，也是这个世纪的事，那种控制手段的博辣，足以使此前所有的寡头统治黯然失色。政治极大密度地融入到空气之中，影响每个人的呼息。所以，任何试图回避它，依仗一点可怜的才华便声称可以创造伟大的艺术者，实乃自觉或不自觉的欺世之言。

在我们的言说中,英国是一个绅士国度,虽然它是近世革命的产床,可是除了二战,一百多年来好像并未经历太大的震荡。令人称奇的是,就在这样一个温和保守的国度里,一个叫奥威尔的人,怎么可能通过寓言的形式,把一个充满恐怖和隐匿的痛苦的社会表现得如此逼真?他一生从未涉足极权主义国家,从哪里获得一种超验的想象,竟如此熟悉这头现代怪兽啮人的每一个细节?如果不是像杰弗里·迈耶斯的《奥威尔传》这样,为我们提供了大量的有关作家个人的实证材料,对我们来说,"奥威尔现象"始终是一个谜思。

有关奥威尔一生的叙述,《奥威尔传》各章用力过于平均,论证多于描述,但是整体把握是准确的,传主的思想发展的脉络是清晰的。从传记看,奥威尔在进入文学写作之前,有两个阶段的生活对他影响甚大,构成他毕生痛恨权力与控制的思想基础。头一个阶段,是从圣塞浦里安学校到伊顿公学的读书生活。寄宿学校带有许多极权主义社会的特点:鞭子教育,等级制,恃强凌弱,规范化,敌视智力,等等,奥威尔晚年写的《如此欢乐童年》,对此有着深刻而痛苦的忆述。后一个阶段是到缅甸当警察。在缅甸,奥威尔作为当地警察中90名英籍警官的一员,他享有特权,不但可以近距离观察审判、笞刑、监禁和绞死囚犯,只要愿意,还可以亲自执罚。正是在这里,他的良心遭到挑战,长期以来接受的关于西方文明是优越的,殖民主义是正当的一类观念遭到挑战。这时,他身上潜伏的怀疑精神和反体制精神开始觉醒。他觉得自己是被玷污的,有罪的,于是,拒绝为罪恶的祖国服务,成了必然的选择。

控制产生反控制。回国以后,奥威尔随即辞去警官职务,甘愿牺牲140镑薪水和迁升的机会,开始长达4年的流浪生涯。从巴黎到伦敦郊区,从酒店洗碗工、教师,到书店兼职店员,这个习惯穿着肘部有防磨损皮补丁的粗花呢外套,灰色衬衫和松松垮垮的旧法兰绒裤子的英国男子,为自由付出了极大的代价。在酒店,他每天工作十三个小时,由于处在酒店等级中的最低层,不得不被迫剃掉他多年来爱护备至的短髭,因为对于管理者,那是刺眼的不服从的标志。作为自觉的社会弃儿,他深切地感受到了社会整体对于个人的压力,普遍的苦难和不公;他的底层立场,因此变得更加坚定,同时,由于生活的教训而益增了对特权的憎恶。

如果说奥威尔的这段生活相当于散板的过门的话,那么,接下来的西班牙内战的日子便是急管繁弦;此时,他的反极权主义思想迅速向前推进,而进入了一个成熟的主题乐段。西班牙内战发生于1936年7月,佛朗哥发动军事政变,企图推翻民主选出的共和党政府,于是引发共产党领导的共和军和佛朗哥率领的法西斯军队之间的战争。苏联介入了这场战争,使之成为全欧洲意识形态的战场,其实也就成了第二次世界大战的前奏。奥威尔作为几千名国际志愿者的一员,冒着生命危险,前来西班牙帮助共和军作战。他当掉家传的银器来装备自己,可见此行的热忱。可是,从一开始,他便遭到英国共产党书记的拒绝,认为他在政治上不可靠。后来,马统工党的巴塞罗那民兵组织接受了他。他不同意马统工党的基本路线,曾经提出过批评意见;但当该党被苏共称为"托派",并被控有亲法西斯行为时,却出面为之辩护,结果遭到追杀。斯大林下令消灭马统工党,把政治警察特务、搜捕异端及清洗专家和军事指导员一起派至西班牙,在共和军中建立恐怖统治。奥威尔夫妇被目为"狂热的托派分子",当然受到严密的监控。他的妻子爱琳的房间受到西班牙共产党的搜查,他保存的一批资料也被抄走。这场战争总共死了一百多万人,从事后看来,他们死得毫无意义。更为可怕的是,在共和军内部,那些受伤的马统工党党员仍然遭到逮捕,甚至连孩子和被截肢的人也不放过。而所有这些，都是奥威尔在现场中所目睹的。权力支配一切，控制无处不在，不容存在任何个人选择的余地。尤其是肉体消灭政敌，那种残酷性是他从来未曾经验过的。传记描述说，有人见到奥威尔从西班牙回来后，变化非常明显——"他喜欢过去，讨厌现在，恐惧未来"。

幻想破灭是有根据的。然而，这个一向吊儿郎当的自由分子并没有因此陷入文人式的颓废，相反增进了他对政治和人性的理解，加深了他对极权主义国家及其意识形态的敌意，坚定了他的政治性写作的方向。

同样地，《1984》的产生并非偶然，甚至可以认为，奥威尔一生活着就是为了写这部书。在远未动笔的时候，他就已经有了这样的认识："我们正进入一个极权主义专政时代——在这个时代，思想自由将首先是一种死罪，然后成为一种毫无意义的抽象行为，独立自主的个人将被消灭干净。"真正的作家比政治学者更敏感，这个结论就做在阿伦特等人的前面；而且，在暴露极权主义方面，《1984》的内涵的深邃，超过了相关的理论性著作。事实上，迄今为止，在理论上作这类解析工作的学者便极少见。《奥威尔传》附录部分收入奥威尔的《我为何写作》一文，其中说："1936年以来，我所写的每一行严肃作品，都是直接或间接地反对极权主义，支持我所理解的民主社会主义。在我们所在的这个时代，那种以为可以回避写这些题材的意见，在我看来是无稽之谈。每个人都以这样或那样的方式写它们，只不过是个简单的选择何种立场和用什么方式写的问题。一个人越清楚地认识到自己的政治倾向，就越可能达到既政治性地行事，又不牺牲他在美学和思想上的诚实。"他仿佛执意要同那些高嚷政治败坏艺术的以艺术守门人自居的作家作对似的，这样总结道："回头看看我的全部作品，我看到在我缺乏政治目的时，写出来的书总是一无例外地没有生气，蜕化成华丽不实的段落，无意义的句子和装饰性的形容词，而且总的说来，是自欺欺人之作。"任何一个有自由感的作家，都不可能背弃政治；对于奥威尔个人来说，政治意义显得尤其重要。在他那里，政治不是一种理论，一种理念，一种附加物，而是生命本身，是自由的呼吸；一旦脱离政治，便意味着结束他作为一个作家的艺术生命。

《奥威尔传》的全部内容，可以说都是围绕奥威尔的这一艺术观念的形成而展开的。作者以观察的态度，简洁的文笔，平实的风格，揭示发生在奥威尔身上的政治与艺术之间的亲和而又不无紧张的关系；其中特别注意到奥威尔之所以为奥威尔的地方，从而给出相当的篇幅强调个人的特点。传记表明：奥威尔渴望从内部，而不是从纯粹的理论性立场体验各种状况，渴望消除社会等级感和为被压迫者——今天有一个很流行的词叫"弱势群体"——而斗争。他为他们的苦难深感忧患，同时也为自己能够"向下层突围"感到亢奋。书中写到他在巴黎如何醉心于流浪，在为写作《通往威冈码头之路》一书收集资料的途中，如何寻找条件最恶劣的地方，跟旁人一起生活；在变得富有的晚年如何安于清贫，以致身患重病时竟自寻绝路地到孤岛上居住。作者把他的斯巴达式的生活同他热恋终生的政治联系到一起，并成为他的带决定性的价值取向。在奥威尔看来，政治生活本身提供不了道德指南，正如他评论斯汤达时说的："干革命的十有八九不过是个口袋里揣着颗炸弹拼命往上爬的人"，所以他竭力使自己沉落到底层，成为被压迫者中的一员，以此作为自我拯救的唯一办法。知识分子的批判有三种：一是专制主义式的，二是民粹主义式的，还有一种是来自知识分子内部的理性批判。奥威尔没有我们所惯见的那种知识分子精英的优越感，对奥威尔来说，知识分子首先是一个道德概念，他对知识界的批评与他的自我批评是并行的，但也不妨看作是道德内省的结果。他总是为自己脱离底层而感到内疚。

正如英国何以能够产生奥威尔一样，在极权主义国家里，为何不能产生奥威尔一样的作家？这样的问题，在《奥威尔传》中写得清清楚楚。作为一个天才作家，奥威尔确实可能被复制，但是作为一代人的冷峻良心，仍然有着许多启示的意义。《奥威尔传》有两个入口：一个是反极权主义，一个是反精英主义，无论从哪一个入口进去，都会通向另一端；自由、民主和正义，无论在社会还是在个人哪里，都变得同样难以分割。

2004年5月

鲁迅三论

1 论鲁迅与狼族有关

如果说鲁迅是狼,或者说他的身上有狼性,都会教人觉得怪异的。然而,实际的情形确乎如此。他是好斗的,在一个为儒教所浸淫的几千年的"礼义之邦"里,便不能不成为异类。最早把鲁迅与狼族联系到一起的是瞿秋白。他在《〈鲁迅杂感选集〉序言》中有一个经典性的说法,就是:"鲁迅是莱谟斯,是野兽的奶汁所喂养大的";"从他自己的道路,回到了狼的怀抱。"据罗马神话,莱谟斯和罗谟鲁斯兄弟二人,出生之后被遗弃在荒郊,吃母狼的奶长大。后来,大哥罗谟鲁斯创造了罗马城,趁着大雷雨升为天神;而莱谟斯是藐视庄严的罗马城的,他永远

鲁迅

不能忘记自己的乳母,所以终于回到故乡的荒野。这是两条不同的道路。在这里,惟有在这里,莱谟斯"找着了群众的野兽性,找着了扫除奴才式的家畜性的铁扫帚,找着了真实的光明的建筑"。

鲁迅最大的幸运,是因为他过早地承担了不幸。在少年时候,由于祖父的下狱和父亲的病故,他沦为"乞食者",为世人所遗弃。这段"从小康人家而坠入困顿"的人生转折于鲁迅个人来说,实在太重要了。由此,他获得了旷野,获得了野性,获得了永久的精神家园;由此,他怀疑一切,惟执著于生命中的信念和生活中的真理;由此,他开始进入搏噬般的韧的战斗。

首先是旷野意识。中国知识分子群体的形成,是相当晚近的事情,即使他们为现代的知识和观念装备起来之后,仍然拖着祖先士阶级的尾巴。在传统士人中,是只有山林意识而没有旷野意识的。山林是宁静的,隐逸的,超社会的,其最后的道路是通往宫廷的。被尊为"中国自由主义之父"的胡适,不就是一个廷臣吗?旷野意识也不同于西方的广场意识。广场是现代民主社会的产物,是人人得以表达个人意志的所在,是人们进行平等对话和自由交往的空间。在中国,从清朝的君主专政到国民党的一党专政,既没有公共空间也没有私人空间,只有一间充满呛人的血腥气味的黑暗的"铁屋子"。可以说,"旷野"是鲁迅所发现的,或者说是他所开拓的。他必须在禁锢中获得属于自己的空间。还在本世纪初,他便呼吁建立"尊个性而张精神"的"人国",那是一片"自由之区,神之绿野,不被压制之地"。事实上如何呢?他发现,"中国人当是食人民族",而且这种关系甚大的发现,竟知者寥寥。著名的《狂人日记》,就是对中国吃人社会的深刻描绘。其中,吃与被吃,都是在一个大家互相联络的"罗网"中进行。这样的"罗网"无边地扩展,于是,我们从《阿Q正传》的末尾看到了"连成一气"的"眼睛们";从《示众》中看到了无数看客的蠢动的头脸,从《复仇》中看到广漠的旷野,从四面奔来的赏鉴杀戮的路人,围绕着十字架的可悲悯可咒诅的敌意;从《颓败线的颤动》中,一再看到无边的荒野,还有暴风雨中的荒海的波涛。直到临终前,鲁迅在一次大病初愈后写成《"这也是生活"……》,我们仍然可以从中读到这样的句子:"外面的进行着的夜,无穷的远方,无数的人们,都和我有关……"这是十分感人的。忘却一己的病弱之躯,依然怀想着"无穷"与"无数",——正是狼式的广大,一种犷悍中的温柔。

鲁迅对人类社会的关怀,大体倾注于底层,也称"地底下"。这个半人半狼式人物,充满无限的同情,抚慰般描述众多的幼小者,弱势者,被压迫者和被损害者。但是,如果仅仅止于现实的复制,他与一般的现实主义者将没有什么区别。其实,现代主义作家也多是仰赖现存世界的。就说卡夫卡,当他说"一切障碍都在粉碎我"的时候,眼前的现实是不可抗的。如果说现实是可怕的,难以改变的,那么,这与"现实的是合理的"这样的结论有什么两样呢?一个胆怯的小公务员作家与一个傲慢的宫廷哲学家,竟然走到一起来了。所谓"哀其不幸,怒其不争","不幸"和"不争"是现实,然而鲁迅悲悯而且愤怒了。只要面对现实,他就露出了狼的本相。他不但要暴露现实,而且要改造这现实,用他的话来说,即是"战取光明"。"战"是"韧战",一面搏击巨兽,一面自啮其身,如此构成了鲁迅的狼化过程。他瞻望未来,却不曾耽于未来。做梦是好的,梦梦则是空想主义者了。当然,空想主义者不见得比现实主义者渺小,空想毕竟多少带有否定现实的性质。但当空想主义者一旦找到实践的道路,便成了我们所惯称的理想主义者。在理想主义者的头顶,是始终有着希望之光的照耀的。然而鲁迅是绝望的,他把所有通往希望的出口都堵死了,而在黑暗中作着绝望的反抗。因此,比起别的战士来,他总是显得更为勇猛而悲壮。

小说《长明灯》描写一个疯子，眼睛"含着悲愤疑惧的神情"，始终不屈服地坚持着高叫："我放火！"有趣的是，鲁迅是曾经以"放火者"自居的。那疯子，"一只手扳着木栅，一只手撕着木皮，其间有两只眼睛闪闪地发亮"——而这，不正是一幅狼的肖像吗？

鲁迅要喊醒铁屋子里熟睡的人们，要教会人们反抗奴隶的命运，必然为权力者所不容，首先则为权门所豢养，为正统意识形态所庇护和纵容的知识者群所不容。其实，这也是一群狼，是专门捕食弱小者的；所以，瞿秋白称鲁迅是宗法社会和绅士阶级的"逆子贰臣"。总之，他是叛逆的狼，是孤狼。包围他的知识者群在主子面前是驯良的走狗，是叭儿，但是对付知识界的异类则是异常凶险，虽然样子可以装得十分庄严，公正，平和，"费厄泼赖"。在鲁迅的反抗文本中，除了权势者的无知与专横以外，我们还看到，适合于"特别国情"的"特殊知识阶级"，"假知识阶级"，是如何袒护枪杀群众和学生的政府，如何维护太平秩序，如何制造偶像，如何散布流言，如何"吃教"，如何撒娇讨好，如何禁锢书报，如何以"实际解决"相威吓，如何讴歌"东方文明"，醉心于"骸骨的迷恋"，等等。随着五四新文化运动的结束，鲁迅目睹了知识界的升降浮沉，体验了对一代启蒙知识分子的期待的幻灭，于是，不得不坚决地反戈相向；不管论敌——躲在权力背后的各式"学者"，"文人"，"文痞"，"文探"——如何谣诼诅咒，他也一个都不宽恕。他有一篇文章的题目是："我还不能带住"，明显地咬住不放。这是典型的狼的风格。

鲁迅告诉萧军和萧红，要保留身上的"野气"。在中国，再没有第二个人像他这样对奴性——奴才性和奴隶性——施行如此猛烈的攻击的了。奴性是中国统治者几千年来文治武功的成绩，是所谓"国民性"的致命的根本，正是它倒过来加固了封建宗法社会的根基，因此，他这个"轨道破坏者"才不惜以毁灭自己为代价去毁坏它。他曾经说过，在他的思想里面，有着两种主义——人道主义和个人主义——互相消长。这种个人性，对他来说，其实是一种狼性，也即斗争性，复仇性。在斗争中，无须遵从别的什么命令，圣旨或指挥刀，完全的"自己裁判，自己执行"。为什么不说"爱"呢？为什么不说"和平"呢？在虎狼成群的时代，爱与和平，往往成为奢侈品和麻醉品，成为卑怯的托词。他认为，对手如羊时当然可以如羊，但是，如果对手如凶兽时就必须如凶兽。让别的知识者去做他们愿意做的山羊或者胡羊去吧,他则必须做狼!

像这样一匹单身鏖战的孤狼,怎么能不受伤呢?但见他流亡,生病,果然提前死亡!青年时在异域,他长嗥道:"今索诸中国,为精神界之战士者安在?有作至诚之声,致吾人于善美刚健者乎?有作温煦之声,援吾人出于荒寒者乎?"三十年后,他呻吟般地说:"敌人不足惧,最令人寒心而且灰心的,是友军中的从背后来的暗箭;受伤之后,同一营垒中的快意的笑脸。因此,倘受了伤,就得躲入深林,自己舐干,扎好,给谁也不知道。我以为这境遇,是可怕的。"在小说《孤独者》的结尾,他写了一匹幻觉中的狼,从沉重中挣扎而出的狼,分明受伤的狼,"当深夜在旷野中嗥叫,惨伤里夹杂着愤怒和悲哀……"

即使是这受伤的声音,穿过大半个世纪而达于今天,仍然如此撄人心,让人产生奋起搏斗的欲望。——大约这就是鲁迅的力量所在罢?

2 论鲁迅什么也不是

毛泽东在"文革"期间给江青的信中说,鲁迅与他的心是相通的。对此,恐怕很难置评,因为鲁迅本人便多次慨叹过，说是人与人的灵魂不能相通。在政治家与文艺家之间，他还有过一个著名的讲演，说是两者处在"歧途"之中，不但不能划一，反而时时"冲突"。在讲演里，政治家和文艺家的称谓都是不带前缀的，好像使用的方法并不是"阶级论"，而是"文化论"。但是，无论如何，毛泽东给予鲁迅的评价是很高的。他在《新民主主义论》中，用三个"家"——文学家、思想家、革命家——来概括鲁迅，也都不失为精确。然而，长期以来，三个"家"的内容被掏空了，按时髦的说法，全被"解构"掉了。

先说思想家。在国民党时期，"一个政党，一个领袖，一个主义"。极权之下，一个异端思想家，还有置喙的余地吗？及至五六十年代，被称为"左"的思想路线开始肆虐，文化大革命时达于"顶峰"，几亿人民使用一个战无不胜的大脑，根本用不上别的什么思想。的确，鲁迅的名字在当时被抬到跟江青一样高——都被称为"旗手"——的位置；但是，这里与其说是利用，毋宁说是歪曲、阉割和毁灭。作为一个思想家的思想，始终未曾获得其独立的地位；一样是毛，被附在某一张皮上。知识界，更确切地说是学院派，又将如何看待这位"思想家"的呢？他们认为，他并没有建立起自己的思想体系，没有体系的思想当然谈不上什么"思想成就",结果仍然是毛,这回竟连皮也没有,飘飘荡荡,恍兮惚兮,实在可以归于虚无的。

再说革命家。什么叫"革命"?最高指示说,革命不是请客吃饭,不是做文章,不是绘画绣花;革命是暴动,是一个阶级推翻一个阶级的暴烈的行动。鲁迅也曾有过类似的关于革命有血,有污秽的说法,但是,他又说过这样的话:"至今为止的统治阶级的革命,不过是争夺一把旧椅子。去推的时候,好像这椅子很可恨,一夺到手,就又觉得是宝贝了,而同时也自觉了自己正和这'旧的'一气。"关于无产阶级革命,他分明表达了"革命是并非教人死,而是教人活的"这样的思想;那类"好似革命一到,一切非革命者就都得死"的"革命者",是他所憎恶的。结果,他遭到了一批"革命文学家"的围攻,后来还得挨"元帅"的"鞭子"和"军棍"。这样说来,他的革命性也就变得很可疑。事实上,他思想中的"人道主义"和"个人主义",便长期被当作"资产阶级货色",而为"革命"所拒绝。到了九十年代,连革命本身也遭到我们尊贵的学者的唾弃了,堂而皇之地宣布说是要"告别"了,那么,他这个"革命家"还将剩下些什么呢?

至于"文学家",怕也得打大大的折扣。说是"学者"罢,编辑校勘一些古籍,顶多是拾荒一类工作;而算得上"学术著作"的,只有一部《中国小说史略》。然而,据留洋回来的陈源教授说,这书还是"剽窃"日本人盐谷温的。关于创作,他不过写过薄薄的三个短篇小说集,加起来还不如一个长篇的规模;而且,其中一个亦古亦今,不伦不类,颇有违于小说的"文体规范"。终其一生,非但没能写出长篇,后来竟连短篇也产生不出来了。只有杂感,除了杂感还是杂感。早在三十年代,即有人讥之为"杂感家"——那意思,当然是指杂文写作算不得创作。在讥评家的嚷嚷中,就有施蛰存;他在《服尔泰》一文中说,鲁迅的杂文是"有宣传作用而缺少文艺价值的东西"。几十年后,海外学者夏志清在其撰写的文学史中,对鲁迅小说的估价是明显偏低的,更不必说杂文,其中说:"杂文的写作更成了他专心一意的工作,以此来代替他创作力的衰竭。"对于夏志清,我国学界发表了不少为之鼓吹,甚至近于膜拜的文字,那么这些评判,庶几可以看作对鲁迅的"定评"了。

巍巍鲁迅,于是乎变得什么也不是。

好在从弃医从文的时候起,鲁迅就并不想做什么"家"。虽然以文艺改造国民性的志愿不可谓不宏大,但毕竟不是那种"经国之大业";惟是一项精神使命,且由个体生命独立承担。嗣后,新文化运动勃兴,他坚持提倡"思想革命",其实无非延续从前的"精神界之战士"的旧梦。当写作成为专业以后,他依然不改"业余者"的身份,而以社会为念;文学于他并非一门技艺,而是批判的武器,说是反抗的武器也许更确切些。鲁迅是一个本质主义者。由于看重的是战斗,所以会谢绝为今日中国作家所艳羡的诺贝尔文学奖的提名,谢绝为自己作传;所以会无情地亵渎"导师",抨击"学者",嘲笑"作家"的头衔,而乐于在沙漠中叫啸奔走;所以会低首战士,而一再加以礼赞。在《这样的战士》中,他写道:"他毫无乞灵于牛皮和废铁的甲胄;他只有自己,但拿着蛮人所用的,脱手一掷的投枪。"何谓战士?战士是战斗的一分子,是最基本的,原子般无从分解的。鲁迅主张"散兵战",这样的战士则是没有组织,没有番号的,战阵中只有敌人和他自己。除了倾听内心的声音,他无须等候将令;除了捐付自身的骨头,热血与精神,他无须期待友军。他没有友军,只有自己,除了武器一无所有。

这样的战士实在难以命名。以传统的眼光看,鲁迅什么也不是,而他也确乎不需要自己是什么。他只知道"否",不知道"是"。他把既定的世界视为无物,他在

"无物之阵"中战斗,老衰,寿终,以至终于连战士也不是。什么也不是,这种边缘位置和非常形态,正好显示了作为战士者的战斗的彻底性,独立性与独创性。

每一个思想战士,都赋予自己以具体的战斗需求和特殊的战斗方式。十八世纪法国启蒙主义者纷纷撰写哲理小说,着重的是理性的普及形式。其实,对于"思想"这种东西,最合适的语言载体应当是简约的,灵便的,易于出击的。从克尔凯郭尔到尼采,这些反体系哲学的战士,其主要的文体形式都是短篇的,断片的。其实,蒙田是,帕斯卡是,撰写"条目政论"的百科全书派也是。本雅明坦言,他所追求的最好的形式是断片式的。鲁迅的写作,所以由小说而杂文,乃是从斗争情势的需要出发而作的选择。在别的意义上,或也可以视作自由战士生命形式的一种外铄的结果的罢。总之,杂文是属于战士的。鲁迅熔铸中西,戛戛独造,把它的功能发挥到了最大的限度;写人,状物,记事,释愤抒情,固无不可;而尤长于论辩,腾挪变化,精光四射,寸铁杀人。他曾经作文为杂文辩护,但所辩护的也并非文体本身,而是战斗性,是寄寓其中的一种"杂文精神"。

今天,据说鲁迅已经变做了一块"反动"的"老石头"。鲁迅,战士而已。如果一定得以石头为喻,那么，除了妨碍权势者及其叭儿，怎么可能对求自由的人们构成威胁呢？其实鲁迅什么也不是，他所以终于做被文人看得可恶的文章，用他自己的话说，惟是不能已于言罢了。也就是说，他和他的文字的存在，说到底只是一种声音。而这声音，恰恰是反霸权话语的，是奴隶的反抗之声，自由之声。

在"无声的中国"，有谁否认得了，这是稀有的声音？

3 论鲁迅越少越好

王蒙五年前在一篇题作《人文精神问题偶感》的文章中，有这样一段话："我们的作家都像鲁迅一样就太好了么？完全不见得。文坛上有一个鲁迅，那是非常伟大的事，如果有五十个鲁迅呢？我的天！"在知识界，算是第一次提出一个鲁迅的多少以及与此相关的利弊问题。

此论一出，舆论小哗。不过，仔细寻思起来，也不能说王蒙说的没有道理。至少，鲁迅本人就说过希望自己的作品"速朽"的话。他还说道："我有时决不想在言论界求得胜利，因为我的言论有时是枭鸣，报告着大不吉利事，我的言中，是大家会有不幸的。"存在决定意识。文艺是植根于社会的。设若"大不吉利"的报告一多，说是地塌天倾，大家岂不乱作一团？不问而知，像这样的言论当然越少越好，最好少到没有，但闻韶箫悠扬，凤凰翔舞，海晏河清，天下太平。

然而毕竟有一个鲁迅，真叫"死人拖住活人"！这就给我们出了一道难题：既然死去六十年以后还能被人称作"非常伟大"，而这样伟大的人物又得控制产生，那么，他的存在到底意义何在？

说到鲁迅，应当是公认的直面人生，暴露黑暗的代表性作家了。对于我们，他所以变得特别宝贵，就因为他一生以不退役的战士要求自己，严肃、紧张、顽强地进行着他的工作。他说："好的文艺作品，向来多是不受别人命令，不顾利害，自然而然地从心中流露的东西。"但是，中国几千年只有"瞒和骗"的文艺，也如他所说："《颂》诗早已拍马，《春秋》已经隐瞒，战国时谈士蜂起，不是危言耸听，就是以美词动听，于是夸大，装腔，撒谎，层出不穷。现在的文人虽然改著了洋服而骨髓里却还埋着老祖宗，所以必须取消或折扣，这才显出几分真实。"能够像鲁迅一样，"真诚地，深入地，大胆地看取人生并且写出他的血肉来"，还能说不伟大吗？可是，在那黑暗而漫长的年代里，就只出了一个鲁迅！文化大革命闹了十年,然而,知识分子竟哑了声音。——命运的咽喉为巨手所扼,怎么可能产生鲁迅呢?

当然,要鲁迅或鲁迅式的讽刺家不存在,便须改革社会。这样就又回到由王蒙引出的问题里来:当革命已在进行,社会已在改变,或者被我们看得光明极了,这时,鲁迅的存在还有意义吗?

有关歌颂和暴露问题,早在五十年前,或者更早的时候就已经在文艺界被提了出来,所以也就有了结束"鲁迅的杂文时代"的号召。"文革"完结以后,所谓"歌德"与"缺德",还有"新基调杂文"之说,其实也都是旧日的余波。问题是鲁迅这个顽固的老头子,并不像有一种意见认为的那样,只是讽刺敌人,并不讽刺人民的;在光明所到之处,在革命营垒内部,仍然执著于批判,闪耀着天才的讽刺的锋芒。对于辛亥革命,他早就感觉到而且说出了:这是一场"换汤不换药"的革命。说到阿Q可否会做"革命党"的问题,他的回答是肯定的,并由此透露了对革命的一种较悲观的看法:"民国元年已经过去,无可追踪了,但此后倘再有改革,我相信还会有阿Q们的革命党出现。我也很愿意如人们所说,我只写出了现在以前的或一时期,但我还恐怕我所看见的并非现代的前身,而是其后,或者竟是二三十年之后。"在二十年代国共合作时期,广州成了国民革命的策源地。在这里,当国民军攻克沪宁,人们为传来的胜利消息而欢欣鼓舞时,他大泼冷水,说是"庆祝和革命没有什么相干,至多不过是一种点缀。庆祝,讴歌,陶醉着革命的人们多,好自然是好的,但有时也会使革命精神转成浮滑。""坚苦的进击者向前进行,遗下广大的已经革命的地方,使我们可以放心歌呼,也显出革命者的色彩,其实是和革命毫不相干。这样的人们一多,革命的精神反而会从浮滑,稀薄,以至于消亡,再下去是复旧。"真是深刻极了。但是,这同高尔基在十月革命过后对布尔什维克和苏维埃政府所做的批判,不是一样的"不合时宜"吗?后来,他成了"左联"的盟员,对党团书记周扬等大为不满,以至于最后公开决裂。在著名的长文《答徐懋庸并关于抗日统一战线问题》中,他指周扬们"左得可怕","抓到一面旗帜,就自以为出人头地,摆出奴隶总管的架子,以鸣鞭为唯一的业绩"等等,决然道:"首先应该扫荡的,倒是拉大旗作为虎皮,包着自己,去吓呼别人;小不如意,就倚势(!)定人罪名,而且重得可怕的横暴者。"要是时间换成了几十年后的"文革",这些论调,还不算是"攻击无产阶级司令部"吗?不过那时,连周扬本人,同确曾以"反党"、"反革命"的罪名被他打下去的胡风、丁玲、冯雪峰等人一样,也已经被打倒了。

对于自诩为"革命文学家"者流,鲁迅的批评是:"往往特别畏惧黑暗,掩藏黑暗","不敢正视社会现象,变成婆婆妈妈,欢迎喜鹊,憎厌枭鸣,只检一点吉祥之兆来陶醉自己,于是就算超出了时代。"他指出,"仅大叫未来的光明,其实是欺骗怠慢的自己和怠慢的听众的。"可见无论对于光明或黑暗,敌人或自己,鲁迅都一样持批判的态度的。就像他曾经说的那样,意在揭示病根,引起疗救的注意。批判,即如针砭和解剖,有谁愿意接受这一份疼痛?

的确,"疼痛是无人想要的礼物",正如一位美国医生布兰德所说。但是,凭着长达五十年的从医实践,尤其是同麻木的麻风病人打交道的经验,布兰德确信疼痛对人类的健康起着关键的作用。在他所著的《疼痛》一书中,便不惜篇幅赞誉疼痛。他说:"不管怎样,人类有疼痛这一卓越特权,人类的意识在经历疼痛之后很长时间里仍能萦绕心头。但是,人类意识也能改变疼痛的真正情景。我们能够与之相处,甚至能控制它。"又说,"我认为疼痛不是侵略性的敌人,而是一种忠诚的信息,这种信息通过我自己的身体来警示我一些危险。"因此,他建议:"倾听你的疼痛。"恰恰鲁迅也用过这样一个容易为人所忽略的概念:"痛觉"。

为了消灭痛苦,先让我们疼痛吧!

让我们热爱给予我们疼痛的人,何况,鲁迅给予我们的,还不仅仅是疼痛!

1999年12月5日

编后记

人类的英雄崇拜大约起源于神祇膜拜，经过黑暗的中世纪，文艺复兴运动把人从神的领地中解放出来，随后的启蒙运动，又赋予了平凡的人以英雄主义的气质，英雄人物就在这中间产生。近代英雄不同于古代英雄，是因为他们不但具有无私、忠诚、勇敢等优异的品质，而且是现代价值观念如自由、平等、正义的体现者。他们不是依靠原始观念和本能行事，他们的事业建立在理性之上，而又闪耀着人性的光辉。所以，现代英雄可以是卡莱尔式的伟人，也可以是没有特殊身份的平凡的人：战士、医生、工人，他们不一定是孔武有力者，更多的可能是真理的探索者和传播者，共同信念的践行者。堪称英雄的人物自觉负有一种使命，一种责任；他们坚守自己一如守卫众人,为了众人,必要时可以放弃个人的一切。

现代英雄观的确立,是人类文明的一个进步。

三十年前,舆论界开始出现一种非英雄化的倾向。当个人崇拜的时代余炎未退时,打出"躲避崇高"一类旗子,或者不无积极的意义;但是,它又完全有可能成为犬儒主义、流氓主义、虚无主义的掩体,构成对公共价值的消解,乃至个人信仰的摒弃。即使个人主义者,也并非必然地否定伟大、崇高的事物的。

对于那些敢于反抗权势,为了大众的事业而呐喊奋斗,甘愿坐牢、流亡、牺牲自己的人,我由来充满敬意。作为一个怯弱者,在默默求生的道路上,便不时地感受到来自他们的精神援助、慰藉和鼓舞。多年以来,我怀着感激,断续记下他们留给我的影像。我视这些曾经影响过我的人物为英雄。

当我把这些人物素描——凑成一个集子时,突然想起俄国作家柯罗连柯的一篇著名短文《火光》,想起其中描写的那条为悬崖的阴影所笼罩的河流,和那一星灯火:"驱散黑暗,闪闪发光,近在眼前,令人神往……"

鲁迅很早就介绍过柯罗连柯这个启蒙思想者,还曾把青年时起便决意为之献身的文艺比作"国民精神的灯火"。在黑暗的夜里,我想再没有什么比火光更激动人心的了。

2014年5月1日

图书在版编目(CIP)数据

盗火者/林贤治著. —上海：复旦大学出版社,2014.9
(微阅读大系. 林贤治作品 1)
ISBN 978-7-309-10811-8

Ⅰ. 盗… Ⅱ. 林… Ⅲ. 随笔-作品集-中国-当代 Ⅳ. I267.1

中国版本图书馆 CIP 数据核字(2014)第 152932 号

盗火者
林贤治　著
责任编辑/李又顺

复旦大学出版社有限公司出版发行
上海市国权路 579 号　邮编：200433
网址：fupnet@fudanpress.com　http://www.fudanpress.com
门市零售：86-21-65642857　团体订购：86-21-65118853
外埠邮购：86-21-65109143
浙江新华数码印务有限公司

开本 850×1168　1/32　印张 6.5　字数 104 千
2014 年 9 月第 1 版第 1 次印刷
印数 1—4 100

ISBN 978-7-309-10811-8/I·848
定价：28.00 元

如有印装质量问题，请向复旦大学出版社有限公司发行部调换。
版权所有　　侵权必究